黃泉

甦生

目錄

◈ 楔子 頓悟

模糊的視線，充盈令人目眩的紅。

馮天烈在睜眼的剎那，還以為自己倒在血泊裡。

眉心附近痛得刺骨，嗡嗡聲鼓譟著耳膜。

他強忍身體的不適，翻身爬起，目光所及之處，只見一條清澈卻深不見底的河流，將大片鮮紅的彼岸花海切成兩半。

「唔……這是……？」

思緒逐漸清晰後，他注意到身上陌生的素色長袍與草鞋。

袍子的款式是古代華服典型的上衣下裳，腰間繫著樣式簡單的博帶，雖然那略帶光澤的鵝黃布料十分柔軟舒適，但畢竟是第一次穿著裙裝，兩腿之間空蕩蕩的感覺還是讓天烈感到一陣微妙。

……沒記錯的話，現在本該窩在電腦前通宵趕期末專題才對，估計是不小心趴桌上睡著，作夢吧？

原想思考別的事情讓自己轉移注意力，沒想到才剛開始動腦，陣陣襲來的疼痛馬上讓他無心思考。

……哎，痛成這樣，難不成腦子被開洞了嗎？

雖然從去年暑假大病一場後，眉心發疼已讓他見怪不怪，但這次痛得特別刺激，讓他忍不住想看看自己的腦袋到底出了什麼事？

天烈搖搖晃晃地爬到水邊，平靜的水面映出一個人影，讓他看了先是一怔，緊接著揉眼看了第二遍、第三遍……

「咳、好禿！我的瀏海呢！？等等……這造形我記得……」

考大學前一個月左右，他突然想做點瘋狂的事情舒壓，便隨意拿了把剪刀給自己修個新髮型，還不小心把自己的瀏海剪禿一大塊。

有張瘋狂的證件照至今還在大學學生證上嚇人，讓他想忘也忘不了。

「……哈哈、哈哈哈哈！」

盯著那令人懷念的髮型半晌，天烈最終還是忍不住趴在岸邊，笑罵這夢還真他媽有夠細緻，看個倒影像在看照妖鏡一樣！

在夢裡意識到自己在作夢算常有的事，但夢得如此真實清醒倒是第一次……不，也許不是第一次，但那次到底算不算作夢？

想到那個讓自己心塞的經歷，天烈原本帶著嘻鬧的情緒瞬間消失無蹤，心一沉，只覺頭疼越發激烈，但盼著可能為現在的處境找到豁然開朗的蛛絲馬跡，他還是深吸了幾口氣，嘗試讓自己專心回憶……

「烈仔，我的時辰將盡。明早你跟芯芯來一趟，見過你們最後一面，我就能安心去了。」

「咳、咳咳！阿公你說笑吧？我昨天才到你那兒蹭飯呢！」

一如往常的柚木圓茶几、一如往常的抹茶色坐墊與白瓷茶杯，阿公在眼前沏著茶的模樣也與平時無異，但說出的話讓氣氛變得很不尋常。

「我運氣不錯，走得突然卻是壽終正寢，沒什麼病痛。不過現在還留著一口氣，等你們來嘍。」他將飄香的綠茶遞給天烈，笑得十分爽朗，「拿著，小心燙。」

「……你覺得我現在還有心情喝茶嗎？阿公不是我說你，拿這種事跟親人開玩笑真的很缺德。再說演也演像點，哪有人把自己的死訊講得那麼輕鬆自在？怎麼聽都像是在唬……人……」

抬眼看見阿公轉為嚴肅的神情，原先說得滔滔不絕的天烈一時語塞。

徹底感受到對方的認真後，天烈只覺胸口一緊，鼻頭一酸，眼淚便啪嗒啪嗒落了下來。

「……阿公，你這是在給我託夢嗎？」天烈認了，有時候直覺比什麼都準。

「對，有事一定要跟你說。」

「……。」

天烈發現自己沒辦法開口答話，只能任由淚水傾瀉而下，發出斷斷續續的抽咽聲。

在母親剛過世，父親工作正忙的時期，年幼的天烈及小他四歲的妹妹是跟著阿公生活的。阿公在他們最艱難的時期給予呵護，因此祖孫的感情相當深厚。

雖然知道阿公年紀大了，但由於身體一直還算硬朗，天烈也就下意識逃避他總有一天會離開的事實。

除了還沒做好心理準備，他更無法相信，阿公竟然以這種亂七八糟的態度跟他道別……

天烈抽泣的期間，阿公始終不發一語，只是用厚實的手掌輕拍孫兒纖瘦的背。

「你還是沒變吶！只在阿公面前哭鼻子。這樣叫我怎麼放心去？」

他輕捏天烈的鼻頭幾下，眼神中盡是疼惜。

「嗚……」

「烈仔，接下來的話，你一定要牢牢記住。」

「我來看你之前，已經見過你媽了。她讓我看到那個世界，冥河很清澈、沿岸還開著彼岸花……」

「……？」

「要是你沒過幾年就看到這片景色，一定要通知我！我們約好囉，千萬別忘了。」

「嗯……可是要怎麼……？」

「對，差點忘了，到時候你就——」

阿公還沒說完，天烈就在滿臉淚痕中驚醒。

儘管覺得很荒謬，但第二天一早，他跟妹妹還是乖乖跟學校請了假，依約到阿公家拜訪。

阿公果真在當天就離開人世，走得十分平靜，淺淺的笑容彷彿只是沉沉睡去一般……

…………?!

腦內捕捉到駭人的關鍵字後，天烈再度環顧周遭，映入眼簾的美景正殘酷的點出一件事——

——清澈的冥河、沿岸盛開的彼岸花……

「難不成……我已經死了嗎？」

念頭一閃，腦筋頓時只剩一片空白。

此刻，天烈只是不斷呼吸周遭清甜的空氣，吸氣、吐氣、吸氣、吐氣……一口比一口用力，一口比一口深沉。

待心情稍微平復之後，他舔去沾附指尖的冰冷水珠，再次觀望身邊的景緻：平靜的水面倒映萬物復甦的美景，曙光乍現之際，依附在草枝花瓣上的晨露閃爍華麗的金光。河岸旁的林子裡，千奇百怪的蟲鳴鳥叫像是在給畫面配樂似的，源源不絕的傳入耳中。

……整個生意盎然啊，這殺千刀的死後世界。

清晰的五感、起伏的七情六慾，現在的他，依然呼吸空氣、沐浴陽光，跟活著的時候根本無異。

頭漸漸不痛之後，他甚至覺得身體比平時輕盈，明明到了該吃早飯的時間，卻絲毫不覺得飢餓口渴……迷惘之餘，他將雙手用力壓上左胸，竟依稀感到心臟規律的撞擊著胸腔。

「這真的是阿公說的……『那個世界』嗎……？」

天烈徹頭徹尾的疑惑了。

人死了還有呼吸心跳算什麼道理？重點是他完全想不起自己的死因。

……這下連自己到底是死是活都不知道了。天烈只覺得莫名其妙。

但無論如何，他的心情已經逐漸平靜下來。那是一種玄妙的感受，彷彿有什麼根深柢固的恐懼悄悄被拔除了。

對於死亡這個生而註定的結局，人們本能的畏懼，儘管連死後會發生的是好事還是壞事都不知道，大多數人還是害怕死亡。

「未知」或許是讓恐懼產生的一大理由，雖然世間不乏各式各樣有關死後生活的傳說與信仰，但沒有自己死過一次，還真不知道那麼多種說法中，哪個才是真的？

即便還不確定自己是生是死，直覺告訴天烈，自己現在所處的地方一定跟之前「活著」的十九個年頭有所不同。倘若這裡真的是所謂的死後世界，那他欣慰的發現，一切似乎意外的平易近人。

跟到遊樂園玩一項原先不敢玩的刺激設施，結束後發現其實沒有想像中恐怖的感覺很像，天烈突然變得大膽許多。

例如現在，他不知自己身在何處，也對接下來的行動毫無頭緒，但他竟可以近乎冷靜的就地坐下，反覆思索起那充滿線索的夢境。

阿公在他高一時過世，距離現在確實沒過幾年，所以阿公臨走前就料到會有今天嗎？約好必須去找他，但怎麼找？當時話沒聽完就醒了啊！

而且那時還提到媽媽……想到母親，天烈感到五味雜陳。媽媽走了之後，連一張照片都沒有留下，他只能依稀憶起那溫柔的懷抱，剩下的便是她謎一般的形象。

小時候曾聽爸爸說過，自己從媽媽那兒繼承了某些特殊能力，但爸爸也只提過一次，貌似還是不小心說溜了嘴。之後他再問起，得到的答案不是打馬虎眼，就是技術不怎麼高超的裝傻。

看來這件事也與媽媽脫不了關係……

總之先找到阿公要緊，之後也許還能從他那兒問到媽媽的事……天烈一邊思索，一邊環顧那如夢似幻的彼岸花田，四周杳無人煙，連求助的機會都沒有。

面對這種窘況，他竟然笑了，先是輕笑出聲，而後忍不住放聲大笑。

「瘋了，我一定是瘋了……但管他的！接下來我要靠直覺！沒有人能阻止我！」用理性思考這一切實在太累了，還不如不要想太多，當個快樂的小瘋子也不錯。

天烈決定暫時拋去生死問題，反正只要還能走，就繼續往前吧！

抱著這樣的想法，他輕揚嘴角，邁開步伐朝河岸旁的森林走去。

離開前，他抬頭望了望清澈的天空，這才驚覺，這裡的晴空，原來是黃色的。

與以往所見被夕色染黃的遲暮天空不同，這片天空的色澤猶如在溫潤的蛋黃上撒了薄薄的金粉，明亮而動人。

◆◇

地上的碎石隨著踏出的每一步發出清脆的沙沙聲，進入林地後，日光被蓊鬱的林木篩成碎片，散落在四面八方，讓他無法判斷時間，也不知道自己走了多遠。

滴水不沾走了這麼久，竟沒有感到身體有異，看來要在這裡餓死渴死不容易。

天烈就這樣漫無目的的在林子裡晃來晃去，雖說他還算擅長認路，但沒有神到能在荒郊野外找到村莊的地步。

必須找誰來問問……但放眼望去，除了草木還是草木，偶爾還會看見掠過眼前的數隻蝴蝶，或趴在樹幹上小憩的蜥蜴……總不能找蜥蜴問路吧？

「這條路看起來不像沒人走啊，怎麼一個人都沒有？碰到誰都好，倒是給我個人影啊……」

天烈一邊自言自語，一邊繞過轉彎處遮蔽視線的巨木群，當他看清眼前的景象後不由得驚呆了。

看見人影的願望實現了，但撞見這種的還不如什麼都沒看到。

距離他不遠處似乎有什麼人倒臥在地。那人身上的血汙雖然錯落於周圍雜草中，卻還是無法掩蓋他身上嚴重的傷痕。

而離人影不遠的地方，躺著一頭巨大的怪物，從後頸的地方被人用粗木樁貫穿了釘在地上。

它的外型與野豬相似，天烈姑且先把它當成異世界的巨型野豬怪。

野豬怪的大小比正常版大上兩到三倍，背上尖如棘刺的鬃毛，及左右兩側共八根岔出口腔的尖牙，讓它看十分猙獰。

不知哪來的勇氣，天烈躡手躡腳來到野豬怪面前，在它身上拍摸了幾下，確認牠失去意識後，便直直往人影奔去。

人影是一名倒在血泊中的男子，他所穿的長褲有幾處破損的痕跡，赤裸的上身布滿擦傷及紅褐色血塊，其中，從右鎖骨到左下腹有一道特別深的傷痕，甚至可以從撕裂的縫隙中看見暗紅的臟器。

雖然身軀已經殘破不堪，但天烈仍看得出男子的體格相當健美，身上還有被血漬汙染得無法辨識的紋身，從身材判斷，這人的年齡似乎比自己大一些……無法完全確定，因為這人根本就沒有頭！

頸部裸露的血肉及骨骼讓他寒毛直豎，但他還是注意到，讓男子掉頭的切口比身上其他野性的傷整齊許多。

他不忍再繼續觀察下去，轉頭瞄了另一邊的龐然大物幾眼，到現在還是一副昏厥的模樣。想來男子是與野豬怪經歷一翻激鬥後才落得如此下場，看樣子就算是在死後世界，他大概也很難醒過來了。

在瀰漫血腥味的空氣中做了幾次深呼吸後，天烈低頭打量自己身上軟綿綿的衣裳，忽然靈機一動，張口將左袖口的部分布料撕咬下來。

……沒想到挺好撕的啊！天烈大喜，連忙把他覺得能扯的地方都扯了下來。

收集到足夠的布之後，他神情肅穆的跪坐在地，利用被晨露微微染濕的衣料把那悽慘的軀體擦拭乾淨，最後替他把身體與頸部的傷口做了簡單包紮。

「我只能做到這裡了。你好好休息吧……」

望了望沾染在指間與衣角的血汗，天烈心頭一陣緊縮，只能勉強起身，蹣跚的遠離現場。

才離開沒多久，天烈就開始覺得莫名虛脫，還來不及思考原因，沉重的腳步就被突如其來的巨響打斷。

地面的震動伴隨耳欲聾的砰砰聲而來，隨著響聲越來越大，方才隱身的鳥兒全部一飛沖天，各色蟲子也從草堆中竄出，從腳邊飛速而過。

疑惑之時，突然襲上眉間的劇痛，讓天烈不得不就地停下。

隨後，一陣勁風吹來，他僵硬的回頭，親眼證實心中極度不祥的預感。

「齁喔喔喔喔喔喔喔——」

不久前還倒在草堆中的野豬怪，正嘶吼著朝他衝來。

「啊啊啊啊啊啊啊啊！」

拔足狂奔的當下，天烈也回以聲嘶力竭的吼叫，但崩潰的嗓音全被怪物橫衝直撞的噪音蓋過，讓他叫得很辛酸。

他知道自己的步伐跟後面的傢伙比起來簡直小得可憐，垂死掙扎的成功率近乎於零。重點是，方才的虛脫感又更加嚴重，才全力衝刺沒多久，他就已經兩眼發黑，現在他甚至不知道自己會先被踩爛還是先跑到休克？

大口喘氣的同時，天烈下意識回頭，瞅見野豬怪頸上的木樁沒有被拔出，周邊還在微微滲血。

隨著體力消耗殆盡，天烈終於脫力摔倒在地，此時，他再也無力起身，只能隱約聽見怪物再次長嚎，加速朝自己衝來。

完了。

他心一沉，索性閉上眼睛，迎接即將上演的慘劇……

◆◇

天烈的雙眼依舊緊閉，他感覺到周圍空氣迅速流動，風聲颯颯在耳邊喧囂。

結束了嗎……？

原來被撞飛的感覺，並沒有想像中的劇烈疼痛。

……怎麼覺得脖子附近緊緊的？

「……?!」天烈睜眼，發現自己並沒有被撞飛，而是被什麼人從衣領提起在空中飛躍。

定睛一看，提著他的人正是剛剛在草叢中遇到的無頭男。

無頭男身上血淋淋的傷已全數癒合，連疤痕都沒有留下。

然而，他頸部以上還是空無一物，之前的簡易包紮還留在上頭。

無頭男拖著天烈來到一棵巨木的枝幹上，確定天烈坐穩後才把手緩緩鬆開。

只見他飛越了幾根較粗的樹枝，隨後轉身一躍而下。

天烈被如此戲劇性的轉折搞得連頭疼都忘了，只是呆呆看著無頭男在空中翻了幾圈之後，穩穩用單手撐落。

他修長的雙腿在手掌落地時往樹幹一蹬，整個人便像飛彈一般向前衝刺。

接下來的一切發生得十分迅速，在雙方對撞的前幾秒，無頭男就繞到穿過野豬怪頸部的木樁頓處。他沒有給對方任何反應的機會，在躍起的剎那，便提起右腿朝木樁重重一踢。木樁在痛擊下直接穿出野豬怪的頸子，留下巨大的血洞，而野豬怪也受不了衝擊，與木樁同向飛了出去。

「……他居然佔了上風！」天烈訝異之餘，忽然想起之前他們其實是兩敗俱傷的躺在草堆裡，現在一個帶傷一個傷全好了，誰佔優勢一目瞭然。

無頭男落地後馬上再次起跳，這回他踩著周圍被撞得亂七八糟的林木朝野豬怪步步逼近，隨後側身翻入血洞之中。

由於現場實在太過混亂，天烈只隱約看見無頭男將手插入野豬怪的血肉中，拉出某個不明物體後，野豬怪隨即發出淒厲的長嚎，薄紗般的黑霧同時從巨大的身體中一湧而出。

「啊……！」見狀，天烈開始擔心起無頭男的情況。

幸好他馬上就捕捉到對方衝破黑霧的身影，手足與赤裸的上身沾染了血跡，身上也佈滿了方才纏鬥新添的擦傷。

天烈的視線隨著無頭男的步履，移動到野豬怪落下的地方，待濃霧散去，他驚訝的發現，之前巨大的怪物，已經恢復正常體型，除了牠臉上的八根尖牙，其餘都跟記憶中的小野豬無異。

小豬怪駭人的傷口讓天烈感到一陣胃抽，而無頭男靜靜站在屍體旁邊，雖然看不到表情，但從他溫柔替小豬怪闔眼的動作，就能看出他絕非殘酷之人。

確認一切無虞後，無頭男再次翻上巨木，來到天烈身邊靜靜坐下，他將自己的正面朝向天烈，結實的肌肉線條與奇異紋身展露無遺。

「還好嗎？剛才好像看你……」

望著無頭男身上的大小新傷，天烈忍不住出言關心，但話講到一半，就發現自己幹了蠢事——對方根本沒有頭，能聽見他說話嗎？

「……。」尷尬之下，他只好露出友善的微笑，與無頭男相看兩無言。

但觀察一陣子後，他意外發現對方似乎聽得見他說話，甚至若有所思的模樣。

感受到對方的困窘後，天烈想到剛才的問題確實難以用肢體回答，於是趕緊轉移話題，「剛剛的問題就算了。你似乎看見我也能聽我說話吧？是怎麼辦到的？」

聞言，無頭男再次動了起來，這次他沒有花太多時間思考，便用手指把軀幹上的紋身描過一次。而天烈的視線緊跟纖長的手指，最終停留在刺在胸大肌的眼狀紋上。

原來是利用獸面紋的五官嗎？會意的同時，他聯想到曾在《山海經》上讀過一種叫刑天的怪物，以兩乳為眼、肚臍為口的生存原理，跟無頭男有幾分相似。

想起刑天遭到黃帝斬首的典故，天烈一邊沉思一邊喃喃自語：「脖子的切口看起來特別整齊……難不成是被砍頭……啊。」

他馬上意識到自己的無禮，正想開口道歉，就見無頭男一副不知所措的模樣。

「不會吧……你不知道自己的腦袋是怎麼掉的？」

無頭男朝左右晃動軀體，似乎在代替搖頭。

「記不記得是什麼時候掉的？」

左右晃動。

「……你、你原本是有頭的吧？」

這回無頭男速速彎腰一下，似乎在表達肯定。

「啊？那你打算怎麼辦？總不能一直沒有腦袋吧？這裡是怎樣，頭都沒了居然還可以逛大街……你真的一點印象都沒有了？別發呆啊！」

天烈一激動，話也就多了起來，搞得原本發怔的無頭男愣得更加厲害。

「唉。也不能光顧著唸你，其實我沒好到哪去。我也正在找人，但完全不知道去哪找……」

見無頭男遲遲沒有反應，天烈只好傻笑幾聲，自嘲著結束這個話題。

歷經一陣尷尬的沉默，天烈正煩惱要如何找到新話題，卻突然被無頭男的輕拍打斷，他順著對方手指的方向俯瞰，發現一個小型的村莊，坐落於緊鄰森林的盆地中。

「唔喔！是村子！」天烈兩眼放光的高呼，「登高望遠嘛！我完全沒想到可以這樣找。太謝謝你啦！」

無頭男在一旁默默聽著，似乎也受到天烈興奮的情緒感染，輕晃著身子表示愉悅。

「對了，要不要乾脆一起去？打聽一下有沒有其他人遇到類似的情形，或許可以問到什麼補回來的方法？」

說明完畢，天烈笑著等無頭男呆了好一陣子。

終於，無頭男似乎是同意了，在天烈還沒有心理準備的時候把他攔腰抱起，準備往樹下移動。

「等等！一定要用這種姿勢嗎……？」

雖然明白只靠自己無法下樹，但這種面部朝下手腳騰空的降落法，還是讓他有點心理障礙。

無頭男思索了一陣，隨後把天烈輕輕放下。確認天烈的視線後，他先是將雙手環抱胸前，然後指著自己的左前臂。

「……啊？」看不懂。

見天烈把疑惑的表情全寫在臉上，無頭男便直接繞到他身後，用結實的手臂朝他的膝關節輕輕一推——

「咳！這樣最好是能……」靠喔還真的能抱起來。

無視於對方的震懾，無頭男從容不迫的讓天烈坐在自己的左臂上，甚至用空出的右手點了點自己的肩頭，示意對方抓緊。

「謝了。」在複雜的情緒中擠出道謝後，天烈乖乖摟住無頭男的肩頸，讓他抱著自己前進。

翻越幾叢粗壯的枝葉後，無頭男環著天烈的手臂忽然收緊，隨即縱身一躍，直往地面俯衝。

由於手上抱著人無法翻滾，他在降落時不時踩蹬周遭較矮的植物枝幹，讓落地時的衝勁緩和許多。

「呼……終於……！」

腳踏實地的那一刻，天烈終於放鬆下來。

方才為了忍住不叫出來，簡直快被自己的口水嗆死……畢竟下樹要人抱已經夠尷尬了，再哇哇亂叫的話，他著地後第一件事大概就是挖地洞鑽了。

「你沒事吧？從那麼高的地方跳下來……咦？」

想著剛剛承受衝擊的其實是無頭男，天烈原本很擔心他的情況，但在看到他身體上微妙的變化後，驚訝得把話都吞回肚裡。

無頭男不久前受傷的地方，現在已經好了大半，甚至有一部份已經完全看不出有受過傷，而那部分正好是天烈剛剛碰觸的地方。

無頭男似乎也察覺到身體的異樣，橫展在胸肌上的眼狀紋正對著天烈，彷彿直勾勾盯著他，陷入沉思。

「……不會吧。」天烈依舊一臉吃驚，端詳雙手一陣子後，終於開口。

「你……先站著不要動。」

他面帶猶豫的踱到無頭男跟前，心中天人交戰。

最後，他投降似的輕嘆一聲，露出一個複雜的笑容，「抱歉，借我摸兩把。不會趁機吃你豆腐的別擔心！」

無頭男淺淺彎腰表示同意，對天烈的提議沒什麼特別的反應。

得到許可後，天烈又走近了些，儘管覺得難為情，他還是摸得很認真，無頭男身上的傷處都被他輕輕撫過，因為害怕造成傷口激烈疼痛，所以他下手很輕，但確保接觸到傷處的每一吋肌膚。

觸摸的同時，天烈的腦袋並沒有停止運轉，當時在草叢中拍摸怪物、幫無頭男清潔身體的畫面輪番浮現眼前，如果他的推論能被證實，某些疑點怪象就能說得通……

想著想著，身上的傷口也摸得差不多了，天烈最後不忘把頸部的包紮拆下，輕輕碰了切口幾下。

突然慶幸對面的傢伙沒有腦袋，不然這時候四目交接多尷尬！

過沒多久，無頭男的傷口果然開始癒合，見狀，天烈終於放心綻開笑顏，對自己意外獲得的新技能又驚又喜。

「雖然不知道怎麼回事，但我現在好像很罩啊！啊，不過我好像治不好你的頭就是了，真可惜。」天烈說著，又把包紮的布料纏了回去。

「……？」

「果然還是得找人問問才行，我們趕快往村子前進吧！」

天烈才沒走幾步，忽然眼前一黑，雙腿一軟，砰的摔倒在地。無頭男看了趕緊衝上前，一把將天烈提了起來。

「哈哈，天下果然沒有白吃的午餐。不過如果代價只是體力透支的話，這個治癒技能還真是賠錢在賣……」

天烈拍了拍身上的塵土，雖然體虛，臉上卻掛著笑容。

「……。」

「沒事沒事。我們走吧！」

「……。」

「你幹麻？不需要抱啦我可以自己走！真的沒事啦……你看。」

天烈從無頭男懷中扭了下來，為了證明自己真的能行，還特地向前跑了一段距離，停下後，他滿意地回頭，卻在來不及看清無頭男的身影前，被大片陰影遮蔽視線……

轟——！

方才天烈身周的樹木，同時落下粗壯的斷枝，斷面尖如利刃，不偏不倚砸向他所站之處。

痛……！痛、痛、痛、痛、痛、痛、痛！

意識裡僅存的，除了痛覺還是痛覺。

斷枝落下激起的嗆人塵土讓天烈咳了幾下，隨之而來的劇烈痛楚讓天烈不由得慘叫一聲。

鮮血淹沒叫聲從口中湧出，腥臊的鹹味使他又是一陣噁心。他勉力睜開雙眼，模糊的視野只見無頭男已經來到他面前，身上多出數道鮮血淋漓的撕裂傷，雙臂與兩腿甚至插著枝葉的殘骸。

看來，要不是他及時趕到擋下更多的樹枝，自己的傷勢應該會更重吧？

天烈一邊想著，一邊下意識對著無頭男的傷口伸手，卻被對方擒住手腕，硬是把掌心放回自己的左胸上。

……左、左胸？……那裡不是……？

呆呆望著貫穿自己左胸的粗大樹枝，天烈只覺一陣暈眩，而後失去了意識……

◆◇

「哎？好像醒了……羅森你快來，那孩子醒了！」

天烈睜眼，發話者朝遠方揮手的身影映入眼簾。

「……？」

「吶，還好嗎？要不要先喝點水？」

哇，有個金髮藍眼的漂亮姊姊在問話呢……嗯？金髮藍眼?!

「……？」

瞪著那五官深邃而美麗的西方臉孔，天烈訝異的從地上彈起，卻因為疼痛而慘叫一聲倒回原位。

「你現在還不能激烈運動啦！先慢慢坐起來，等等弄些熱食給你吃。」

不是中文，也不是英文，漂亮姊姊一口流利的不知道什麼語，但天烈還是能一字不漏的把話中含意解讀出來。

「……？為什麼我聽得懂妳……呃?!我剛剛講了什麼？」

聽見自己脫口而出的話音之後，天烈驚呆了。

彷彿有什麼無形的力量一直在阻止他察覺一樣，不刻意去聽的話，甚至會陷入現在講的才是母語的錯覺。

難道是什麼……死後世界的共通語言嗎？

一切發生得太過理所當然，要不是剛才秒懂外國美女問候的衝突感太大，他可能會繼續毫無知覺的跟這裡的人們繼續溝通下去。

想到自己就這麼被死後世界悄悄同化，天烈突然覺得莫名哀傷，但為了方便，他還是決定就此使用這裡的通用語。

「哈哈，你睡昏頭了吧？我也不懂你剛剛的問題在哪，不如算了？」金髮姊姊笑得開懷，這時，一名棕髮男子來到他們所在的小營地，看到天烈醒來後明顯鬆了口氣。

雖然眼前的兩個陌生人看起來都還算友善，但天烈心裡始終覺得不踏實……等等，無頭男呢？

找出不安的理由後，天烈趕緊左顧右盼，當他看到離營地幾棵樹外，無頭男被五花大綁的身影之後，連忙驚叫一聲，顧不得自己的傷勢，連滾帶爬的奔向無頭男所在之處。

「嗚啊啊啊啊！他們對你做了什麼？為什麼把你綁起來？」天烈一邊試圖解開繩子一邊偷摸無頭男的傷口，但等無頭男的雙手能活動之後，他又立刻被對方扣住雙手，按回自己的傷處上。

「呃，其實我好像不能治療自己耶。你看，之前摸過的地方現在也沒有好……」

「…………。」

「原來他是你朋友啊？」

率先趕到的棕髮男子見天烈與無頭男互動良好，立刻掏出腰包中的小刀，把還在無頭男身上的繩子全數割斷。

「我們路過的時候，看到他拿著染血的粗樹枝站在你旁邊，還以為你這一身傷是他造成的呢……」金髮姊姊尷尬的解釋。

「不！誤會大了！我會受傷是因為被突然掉下來的樹枝砸中，要不是他救了我，我大概會更淒慘……」天烈轉向無頭男，想起他之前大戰野豬怪時的非凡戰力，不禁沒好氣地輕聲罵道，「你就這樣呆呆讓他們綁啊？這種時候應該要逃走啊！以你的身手，就算身上還有傷一定也能逃掉……」

無頭男不語，只是用正面的紋身堅定地盯著天烈，彷彿在抗議自己才不會丟下他不管。

「……傻瓜。」

天烈低頭嘆息，視線恰好對上自己的左胸。

傷處已被包紮，但血跡還是無情地穿透繃帶，清晰印出血洞的位置。

「奇怪，明明傷到心臟了……為什麼我還能……？」

說活著也不是，但又無法覺得自己死了，天烈話講到一半，自己也不知道該怎麼接下去。

「看你的裝束，應該才剛到這裡不久吧？」

「裝束？」

「嗯。我們剛來的時候也都像你這樣，身上除了這件淡黃色袍子跟草鞋外什麼都沒有。不久後擁翠的人就會過來接走我們，那是離原河最近的村子，一般來說，新人在河岸出現的當下，那裡就會有人收到通知過去接應。只是今天不知怎麼了，竟然會漏掉你。」金髮姊姊一邊解說，一邊領著天烈等人到營地的爐火前坐下。

「我先煮點東西。羅森你就趁我煮飯的空檔跟他們講一些黃泉的事吧。」

羅森簡單應了一聲，朝兩人露出微笑。

「你們應該知道自己是在人間死去後，來到這邊重獲新生的吧？我們稱這個世界為黃泉，並在這裡展開全新的生活。」

黃泉，由於語言共通無需考慮文化差異，這個世界的名字著實就是人們對死後世界的通稱。

到頭來果真是死了嗎……？天烈無聲的嘆了口氣，其實他心裡早就有底了，只是還抱有一絲希望的話，就可以暫時不去面對自己已經與生前的一切永別的事實。

果然，在希望破滅的此刻，他還是無法平靜的接受。

儘管他已經對死後不再畏懼，卻無法不為失去生前的一切感到悲傷。

但現在還不是難過的時候……天烈努力壓抑自己對生前人事物的懷念，他知道在融入新環境前就先陷入情緒低潮，是十分危險的事。

目前他最重要的任務，是趕快認識這個名為黃泉的新世界。

至少現在可以利用適應期的忙碌再逃避現實一下子，等一切安定下來後，再把回憶挖出來慢慢感傷也不遲……天烈一邊這麼鼓勵自己，一邊擠出笑容回應羅森的問話。

「大概知道吧……自己已經死掉什麼的。不過既然已經死了一次，重生過後的人類到底是什麼東西？」

「人類在黃泉是特別的。我們一來便有固定形貌，不像其他生物會成長、衰老，自然情況下近乎永生。」羅森流利的解釋，「在這裡，人可說是超越所有物種的存在，我們不受吃喝拉撒等生理機能的限制，必要時連呼吸都可以靜止——雖然習慣上我們還是照常呼吸。最重要的是，我們就算受重傷也很難死亡，儘管體力不支時仍會陷入昏迷以便療癒，但終歸還是會在恢復到一定程度後甦醒。你也親身經歷過了，應該很能理解才對。」

「這麼說來，一段時間後，他的頭也許能長回來？」天烈指著無頭男問。

「不清楚，畢竟像他這樣的傷患我也是第一次見到……但相信在黃泉的厚愛下，他一定可以痊癒。」

「謝謝……」天烈代表發話，無頭男也淺淺行了個禮表示感謝。

「只可惜他等會兒可能無法進食了。雖然人在黃泉可以不吃東西，但受傷時補充食物有助於傷口恢復。」

「沒關係，之後我可以幫他……」

天烈話一出口，便被無頭男的拍肩打斷，對方一副神經緊繃的模樣，壓在肩上的手還刻意施加了點力量。

……是要我別再講下去了嗎？天烈心中咯噔一下，心想隨便把治癒能力透露給太多人知道確實不好，便笑著捏了捏無頭男按在肩上的手，佯裝成兩人出於友情的肢體互動。

「幸虧有你這樣善良的友人相伴。既然相遇了就是緣分，我跟艾莉也會盡力幫忙的，對吧？」

羅森沒有察覺天烈等人的行為有異，一旁炊事中的艾莉在聽到羅森的話語後，也毫無心機的答應幫忙。

看著兩人友善的回應，天烈立刻對自己的設防感到歉疚，心塞之下只好趕緊追問下去。

「真的很謝謝你們……其實我對剛剛的解說還是有點疑問，如果連受重傷都能自然痊癒的話，人在黃泉不就近乎不滅了嗎？」

「不是的。如果是在被黃泉原生生物獵食消化，或是身體過於支離破碎的情況下，應該還是回天乏術。此外，還有一種常見的狀況是天罰，遭到天罰的人會化作闇神琍利的養份，其身為人的存在將會完全被抹煞。」

「……闇神？」

話題就這麼導向神話色彩，讓天烈一時有些錯愕，但看對方一臉虔敬，他也不好意思表示什麼。

一旁聽著的無頭男，悄悄挪了個離天烈更近點的位置。

「傳說中，黃泉原本沒有人類，掌管黃泉的孿神對人類的存在感到興趣，便從人間的生死通道中挑選靈魂，置入黃泉之中。換句話說，能來到這裡的都是被神選中的存在。」羅森滔滔不絕的說著，端正的臉上透出一絲驕傲。

「孿神，指的是光之神琍琳與闇之神琍利，光與闇都愛著人類，只是方式不同，光之神是仁慈的，而闇之神是嚴厲的。我們在黃泉的重生受到孿神祝福，因此他們取走我們在人間的記憶——除去的只有記憶，不包含我們原有的智慧與一切常識，好讓我們拋棄過去所有罪孽獲得無垢的新生。」

「然而，即使光之神無私的對人類施予愛與恩惠，還是有人會在黃泉墮落。對於墮落之人，闇之神會降臨天罰，派出名為羅魍的使者將之消滅。其實，天罰不只降臨在人類身上，其他物種也會被羅魍寄生、吞噬，並成為闇神琍利的一部分……」

「抱歉插個話，有關祝福的部分，照你這麼說，一般人不會記得生前的事嗎？」

「是啊。除了自己的名字，其他記憶都會被孿神收去。但我們仍保有智慧，所以很快就能適應新生活。不過為什麼這麼問？難道……你全都記得？」

「嗯。除了死因，其他都記得……」天烈疑惑地答完，轉而詢問無頭男，「你也忘了嗎？生前的事。」

無頭男淺淺彎腰表示同意，天烈頓時一陣晴天霹靂。

「……那我到底是怎麼回事？」

天烈的疑問沒有立刻獲得解答，因為聽見這件事而震驚不已的人，似乎不只他一個。

艾莉停下煮飯的動作，望向天烈的神情充滿錯愕。

而羅森，則是陷入短暫的失神後，一臉哀痛地喃喃自語……

「怎麼會？像你這樣的孩子……為什麼會是穿越者？」

營地的氣氛瞬間變了。

原先看起來開心和善的兩人，此刻都面色凝重的盯著天烈。

那眼神，包含了驚愕、不解，甚至還流露出些許…………憎惡。

憎惡。

從兩人眼中讀出這個訊息的天烈，只覺得心口一陣刺痛，比被粗樹枝貫穿還要難受。

而一旁的無頭男早已警戒的站起，將身體正面朝向離他們較近的羅森。

「羅森，這難道是孿神給我們的考驗？那孩子……那孩子看起來完全不像……」

「我想這是孿神託付給我們的任務。別忘了，他還只是個新人啊！今天他會遇到我們，絕對是神的旨意。慈愛的神放不下這個可憐的人，所以差遣我們在他初生時加以淨化。」

羅森說著，從腰包中掏出一把不同於之前款式的短刀。尖銳的刀身上貼滿寫著複雜咒文的符紙，但仍不影響它透出的森森寒光。

「不久前，我從武器商人手中買下這把封印著闇之使者的神器，原本想將它拿去祭壇歸還孿神，沒想到命運讓我在此刻就必須使用它。這果然是冥冥中注定的事情！」他虔誠地將短刀貼到胸前，輕聲喃喃，「敬愛的琍琳與琍利大神，您們賦予我使命，我必不辜負您們的期盼。」

語畢，羅森將短刀上的符紙一一拆除，而艾莉則在一旁臉色鐵青的小聲祈禱。

營地四周，溫度驟降，原本翠綠的草木瞬間被凍了層寒霜。

隨著符紙被撕下，短刀上開始冒出絲絲黑氣，空氣逐漸開始變得令人窒息。

……必須趕快逃走！

直覺告訴天烈現在情況危急，他嘗試起身，卻在使勁之後重重摔到地上，這時他才發現，原來自己虛弱到連站都站不穩。

大概是傷未痊癒加上剛剛解繩子時治癒了無頭男的關係……天烈恍惚了一霎，一時沒注意到羅森已經手持短刀襲向他的腦門。

「孩子，你是受到孿神愛護的靈魂，闇之使者不會傷害你的。這柄刀進入你的身體後，闇之使者會將你的記憶帶走，你將能重新獲得神的祝福……」

「…………！」

天烈還來不及反應，無頭男就飛速竄到天烈身前，徒手擋下刺擊，短刀上的黑氣一觸及無頭男，立刻化為細細的黑絲，試圖纏上他的雙臂。

見狀，無頭男雙臂一震，不只甩開了黑絲，還把羅森頂飛在地。

「別怕！淨化儀式雖然會痛，但我們是想幫你！帶著生前記憶留在黃泉，終究會墮落的！孿神還想給你一個機會，不要這麼快放棄自己！」

艾莉連忙上前攙扶羅森，同時朝天烈與無頭男聲放聲吶喊。

無頭男沒搭理艾莉，迅速抱起神色迷茫的天烈準備逃脫。

然而，在他準備奔出營地的同時，立刻被突然襲來的濃郁黑霧擋住去路。

「哪個不要命的把那種鬼東西解封……說的就是你啊拿刀的！快扔掉逃命啊！」

鏗鏘的嗓音劃破黑霧，傳進天烈等人的耳中。

隨後，一名身形精壯、背著大刀的青年從黑霧中一躍而出，著地在天烈與無頭男身旁。

汙濁的空氣讓人無法看清青年的長相，但他炯然的目光依然像熾熱的烈火，穿透身邊一片晦暗。

「嘖，說了還不聽？趕快扔掉那魔物逃命吧！那柄刀已經作為『餌』把羅魍的宿主引來了，我可是拚了命的搶先那頭怪物趕到這裡警告你們啊……」

「你竟敢……說闇之使者是魔物……」羅森緊握短刀，憤恨的看著青年，「無知的異端者！你阻撓淨化儀式，牴觸神諭，若是天罰降臨，那也是衝你來的，與我們無干。」

「腦袋壞掉了吧你?!跟你說啊我也信孌神的你別血口噴人，羅魍一向飢不擇食是常識！別跟我說你沒聽過！」青年一臉難以置信，眼看短刀上的黑絲已經纏上羅森手臂的大半部分，他輕嗤一聲，咬破自己的手掌之後，一個跨步來到羅森面前，朝對方臂上的黑絲狠狠一捏……

「啊啊啊啊——！」

羅森慘叫，手臂冒出蒸氣似的黑煙，煙霧下，黑絲已經褪去，留下灼熱的傷痕。

「羅森……！」艾莉一臉驚慌，抓起地上的碎石砸開青年的手後，趕緊護住羅森，「你幹什麼？」

「幫他驅邪啊混蛋！快，現在放手逃命還來得及……」

「離我們遠一點！你侮辱闇之使者，還敢妄稱孿神的信徒？」艾莉握住羅森持刀的手，表情無比堅定，「在神的旨意下，遭到天罰的人絕對是你！」

短刀上的黑絲再次聚集，攀纏上羅森、艾莉兩人的速度似乎比方才更快，青年見狀，只好搖頭退回無頭男身側，看無頭男還在找尋出路的模樣，便拍了拍他的肩說，「現在暫時出不去了，你們先找高的樹上去避一避，等等八成會在這裡開打。」

「等等！不要相信他！淨化儀式還沒結束……痛苦是短暫的，但罪過會跟著你一輩子……」

艾莉話還沒說完，便被黑絲完全淹沒，此時，營地周圍的黑霧越來越濃，離他們不遠的地方，也傳來陣陣巨響，甚至能感受到土地的微微震動。

「來了。上樹！」

青年吆喝一聲，無頭男便將天烈抱緊，向上一躍。

「啊！他們兩個還……」

感受到周圍風壓的剎那，天烈終於回過神來，瞥見羅森與艾莉逐漸與四周黑霧融合的人影，內心又是一陣衝擊。

「那兩個已經沒救了。你們自己保命要緊。」青年隨即來到天烈與無頭男身邊，抽出原先背在身後的大刀。

「………可是他們……明明是好人……」

雖然不知兩人的態度為何在瞬間變調，但天烈仍忘不了他們伸出援手的溫情。

他還不了解這個世界的體制，但如果真如他們所說，墮落者才會遭到天罰，那麼像羅森與艾莉這樣的人，應該不會……

「小子，我不知道你在他們那兒聽了什麼，但基於良心，我一定得潑你冷水。」青年看天烈一副心靈受創的模樣，神情不自覺柔和了一些，「任何一個世界都是殘酷的。無論在哪，都會有好人因為莫名其妙的理由罹難，更何況他們……唉，算了，有空再跟你說，先好好待著啊，乖。」

青年說完，便從樹上一躍而下，而無頭男安置天烈之後，似乎也有參戰的打算。

「等一下。」

天烈將無頭男拉近身邊，把他身上尚未好全的傷速速摸過一次。

「不能讓你帶傷出戰。」

「………。」

無頭男呆立了半晌，等傷口開始康復後，輕拍天烈的肩膀表示感激。

隨後，他跳下所處的樹幹，隱沒在下方越發濃烈的黑霧中。

◆◇

無頭男衝破濃霧後，第一時間感知到的，是一頭龐大的野獸，初步判斷，與之前在森林中擊敗的野豬怪很類似，只是體型又大上了一、兩倍。

巨大化、被罹魍寄生的野豬，而且還是母的。難道是之前那隻小豬的母親？

走神僅僅一霎，無頭男立刻把心思放回戰鬥上。

胸前的眼狀紋能看到的十分有限，此刻的他，幾乎是靠著戰鬥的本能對周圍事物的氣場做出感知。

他很快循著現場僅剩的清澈氣場找到了持刀備戰的青年。

「……?!你來啦？」

青年的聲音透出幾分欣喜，對付這種怪物有幫手自然是好事。

但他的語氣很快又沉了下來。

「你行吧？別怪我講話難聽，這攸關性命我一定得告訴你。你要覺得自己不行就別打了，這貨我一個人雖然艱苦了點，但依然可以對付。你若能幫我當然好，但只怕多一個累贅，我可沒法顧你。」

無頭男靜靜聽著，青年話一說完便朝怪物衝了過去。

連嘴都沒有的人實在給不出承諾，用行動直接證明，最快。

「呦！這小哥性子真急啊！」青年驚呼，隨即想到對方好像沒有腦袋無法說話。

直接衝上去，代表這人對自己的戰力相當有把握。

青年決定相信無頭男，先在後頭觀察一陣子，找出空檔做出致命一擊。

◆◇

天烈抱著身邊的樹枝，努力朝下面探頭張望。

就算在戰鬥上幫不上忙，他還是無法坐視不管。

霧很濃，他只能從渾沌中看到一個大點跟兩個快速移動的小點，疲憊的身軀與傷口傳來的疼痛正分散他的注意力。

反正在這裡很難摔死，如果看到什麼異狀的話，跳下去摸那兩個人幾把應該可行……

羅森跟艾莉被黑絲吞沒的情景不斷在他腦中浮現，天烈現在寧可把自己摔爛，也不想再次經歷認識的人在面前出事，自己卻無能為力的狀況了！

正當他這麼盤算的時候，眉心又毫無預警的痛了起來。

啊——！為什麼偏偏挑在這種時候……

心中還來不及抱怨完，便被一聲脆響打斷思緒。

他所待的那棵粗壯樹木，竟然毫無預警的從樹幹邊緣斷開。

樹要倒了！

◆◇

無頭男在怪物四周穿梭，時不時對它的下盤拳打腳踢，讓巨大的怪物一直處於原地被擊倒、起身、再次被擊倒的循環當中。

雖然從它身上冒出的黑氣黑絲不免對攻勢造成阻礙，但對無頭男來說，同時控制兩邊的情勢並不吃力。
環境能見度不佳對他來說反而是個優勢，因為他擁有敏銳的感知，對方卻只能用那長在高處的雙眼，尋找他豆丁大的身影。
牽制進行得十分順利。
當無頭男跟青年同時這麼想，覺得該出大招的時候，一聲不合時宜的斷裂巨響打亂了他們的節奏。
……樹?!
青年跟無頭男瞥見緩緩傾倒的樹影，心下一陣驚呆。
那麼粗的樹，原先都好端端的，一點斷掉的跡象都沒有啊！
「不好！」
青年率先叫出聲來，無頭男隨即拋下怪物，略帶焦急的向上飛躍。
那棵樹是………！
◆◇
哈哈。這下不用自己跳了。
天烈不知自己的心理素質何時好到還能在這種節骨眼跟自己開玩笑，但從來到黃泉後，遇上意外的次數已經足以讓他疲憊到見怪不怪了。
樹幹十分粗大，斷裂的過程並不迅速，倒下雖是遲早的事，但至少可以抓緊時間應變。

經過短暫的猶豫後，天烈決定等待時機，一旦樹幹傾斜得離旁邊的樹夠近，他就立刻跳上另一棵樹。

時機來得很快，而他也有驚無險的做到了。

正當他稍稍鬆了口氣，下方又是一聲脆響。

不會吧……

他都不知該哭還是崩潰笑了。

完全感受到世界的惡意啊！

這裡的樹是跟他有仇嗎？小木棒突然掉下來插他就算了，上一棵倒一棵簡直沒天理啊！難道他重到能連續壓斷兩棵樹的地步？

不幸的是，這次的樹比較小棵，很快就折了。

但天烈也不想抗爭，直接放手讓自己往下掉。

要痛之前也沒少痛過，頂多又暈過去罷了。

運氣好沒暈的話，搞不好還能幫另外兩個人療傷……

他抱著壯烈的決心緊閉雙眼，任由下墜而產生的風壓擺弄他的四肢，此時，他感受到有誰穩穩接住了他，突然包圍身周的溫度竟讓他眼眶一熱。

天烈緩緩睜眼，角度剛好對上那人頸子以上毫無遮蔽的風景。

「謝謝……又被你救了一次。」

「……。」

無頭男像是在回應他似的，把托住他的雙臂收緊，做了幾次緩衝後穩穩落在地上。

「夭壽喔……還好沒事。」見兩人安然落地，青年也鬆了口氣。

「不過那怪物趁亂逃了，因為大，軌跡倒是挺明顯的。但森林相對營地崎嶇許多，就算追上了，大概也無法像剛剛那樣穩穩困住它。」

青年如實說明了情勢，雖然錯過了大好機會，他卻沒有絲毫惋惜。

「……所以，困住它會讓你們比較好行動嗎？」

「當然。因為我的大招需要點時間。」

「嗯。」聞言，天烈扶額思考了一陣，一雙大眼望向羅森與艾莉遺落在地的短刀。

這東西，貌似就是把怪物引來的元兇。

此刻，兩人的身形已不復在，如同他們所信仰的，與黑絲黑霧融為一體，成為闇之使者——羅魍——的養分。

想到這裡，一股酸澀在天烈心中漫開，他連忙甩了甩頭，從無頭男懷中躍下，上前拾起短刀。

現在他能做的，只有盡力幫助身邊的人了！

「雖然有點賭，但我倒是有個辦法。」天烈打量著短刀周邊殘餘的黑色氣場，轉頭對青年及無頭男說，「但得先把我送上樹。樹要夠大夠粗，拜託了。」

「你拿這東西時，心志一定要夠堅定。」

三人來到目光所及最大最粗的樹下進行戰前會議，但從頭到尾，幾乎都是青年神色嚴肅的對天烈耳提面命。

「羅魍必須寄生在生物上才能存活，雖然它們飢不擇食，但最喜歡的還是精神低落的活體，負面情緒越多，就越容易成為宿主。雖然你現在手上的只能算被本體拋棄的殘渣，但它們還是會想辦法從你那兒獲得養分，稍微壯大之後就會試著將你吞噬。」

「……感覺得出來。」短刀附近令人不悅的氣場，確實有越發強勁的趨勢。

「以這個速度，不久後就能成為餌了。」青年用力揉了揉天烈的背，讓他稍微放鬆了些，「羅魍長到一個階段便會互相吸引，我看那短刀之前的主人八成常拿它來殺羅魍，刀上才會藏污納垢積到足以變成餌的程度。等它成為餌之後，你的處境會更加危險，記得想些讓你快樂的事，維持住你的意識才能和它們對抗。我跟小哥會速戰速決，你專心對付手上的東西就好。」

「好。」

「記住，撐不住的話，寧可放棄計畫喊我們上來救人。人類雖然是黃泉唯一能和羅魍拚搏的存在，但成了宿主就沒救了。」

「嗯，放心。我沒問題。」

天烈回以一笑，確定能幫上忙後，他的精神振奮許多。

此時已有巨物奔馳的腳步聲傳了過來，以穩定的速率朝三人逼近。

「上樹吧。我先找個地方伏著。」

聽到指令，無頭男立刻抱起天烈往樹上跳，這次他不敢大意，找了個絕對穩妥的位置才把天烈放下。

「……。」

無頭男對計畫顯然有些躊躇，人是放下了但遲遲沒有離開，天烈見狀，不禁沒好氣的說，「放心去吧。你看我不是還笑嘻嘻的嗎？」

腳步聲愈來愈近，四周的溫度再次降了下來。

無頭男知道時間所剩不多，轉身望了天烈一眼，看見他那令人舒心的微笑後，總算鐵了心飛躍下樹。

計畫是這樣的，天烈拿著餌藏在樹上，讓怪物受到氣場的吸引前來，在樹的周遭盤旋。此時，無頭男會對它進行牽制，青年候在一旁，伺機放大招。

天烈想過樹可能會倒的問題，但如果怪物離樹很近，反而可能成為壓制它的有利條件。不過現在一切穩定，貌似暫時不用擔心這個問題。

看似簡單的計畫，執行起來卻頗有難度。其中最關鍵的角色，還是在樹上的天烈。

因為，誘餌的氣場如果太薄弱，恐怕無法起到牽制作用，但讓羅魍太過壯大，又有增強怪物力量的危險。

原先的黑氣漸漸發展成黑絲，冰冷的觸感緩緩攀纏，逼出天烈一身冷汗。

更糟糕的是，這魔物還真的會影響心智，好不容易被他壓抑下來的傷感，現在居然像走馬燈一樣，清晰的在他腦內放送。

「這人生走馬燈也來得太遲！人都死多久了，拖到現在才播……」

天烈試圖透過說話來轉移注意力，但功效似乎不怎麼顯著。

生前快樂的回憶依舊不斷被喚起，雖然這時是該多想些開心的事，但在「永別」的前提下，快樂點滴頓時成了最甜美的毒藥。

「不行……不能在這裡敗下陣來！」

現在只能專注在回憶的美好上，絕不能有別的心思，天烈深吸口氣，緩緩將握刀的雙手收緊。

黑絲越來越粗大，有的甚至成了觸手。

在越演越烈的侵蝕下，天烈逐漸感覺不到自己的體溫，儘管如此，他還是沒有放開短刀，生前回憶源源不絕的湧入，同時，心裡又彷彿有個聲音在吶喊著，再也回不去了……回不去了……

『哥哥。』

自湧上的記憶中傳來，一聲若有似無的稚嫩呼喚，頓時打亂天烈的思考迴路。

這聲哥哥他永遠記得，因為那是他的寶貝妹妹，馮天芯，第一個學會的詞。

媽媽在生下天芯不久後就離開了人世，那時爸爸正在穩固事業的時期，實在無法獨力照顧一雙年幼的子女。

在萬般不情願下，爸爸還是把他跟天芯托給阿公照顧，阿公原本也有自己的工作，但孫子孫女一來，他便毫不猶豫成了自由業。

儘管放了大部份心思在顧小孩，阿公偶爾還是得處理工作上的事。這時，多半由天烈哄天芯睡覺或陪她玩，他十分樂意分攤照顧妹妹的責任，日子久了還會跟阿公搶著餵奶。

或許就是因為這樣的背景，小天芯第一個叫出的，不是爸爸媽媽，不是阿公，而是與她最親近的哥哥。

這件事讓天烈開心了一輩子，長大後還時不時拿來炫耀：想想看，「哥」這個音對寶寶來說多難發，但我家冰雪聰明的妹妹立刻就學起來了！

回憶起天芯，天烈的心情立刻平靜許多。

想著她甜美的笑靨，想著她那令人安心的聲音，想著她叫哥哥時，兩眼放光的神情……

無論如何，自己永遠會是她的哥哥。

即使他們現在足足相隔了一個世界……

天烈的心中湧入一股暖流，他感到體溫漸漸回升，甚至逼退了些許正要纏上的黑絲。

同一時間，一道道絢爛的金光從樹下映了上來，光輝的籠罩立刻讓天烈的心情更加明朗。

「我們來了！做得很好啊。」青年爽朗的聲音先傳了過來，隨後他提著大刀，與無頭男一起翻上巨木，來到天烈身邊蹲下。

「我先把你身上的清一清。會有點痛，你忍忍。」

青年把刀放到一旁，伸出血淋淋的手往天烈被纏住的部分一抓，黑絲與觸手立刻激烈扭動，化作濃郁的黑色蒸氣。

「還剩一點，撐住。」

「……嗯。」天烈忍痛悶哼了幾聲，方才被纏住的地方現在有種燒灼感，還留下猙獰的紅印子。

「好了好了，快放手。我來把這魔物給滅了！」

天烈鬆手後立刻被無頭男拉到一旁，青年拾刀前抬手一看，神情錯愕的爆了粗口，「靠！傷怎麼好了?!」

「咳……大概是剛剛摸了我的關係……等等解釋……」天烈虛弱回道。

這次無頭男沒有多加干涉，大概是一起經歷過戰鬥，覺得對方是個值得信任的人。

「哈哈，好喔，等會兒慢聊，先看我再表演一次吧！」

青年的手在刀口上輕輕抹了一下，鮮血一溢出，他便用同一隻手提起大刀，讓血液灌注在刻有符紋的刀身中。

吃了血的刀身立刻泛出金光，青年大喝一聲，直往短刀砍去。

短刀硬生斷成兩截，周圍若隱若現的黑氣在被金光侵吞後，立刻消失得無影無蹤。

「怎麼樣？厲害吧！」

「是很厲害……你剛剛也用這招打敗宿主嗎？」天烈露出一個柔軟的微笑，雙眼因為身心俱疲而有些迷茫。

「是啊！不知為何，我的血對驅逐罹魍特別有用，簡直可比驅邪咒。」青年露齒一笑，散發出自信光輝，「好嘍，該你說了小伙子，剛才為什麼……啊。」

青年停頓的同時，無頭男悄悄比了個禁聲手勢，指了指身旁的天烈。

現在天烈不只滿身是傷，還剛經過一場精神拉鋸戰，就算人類在黃泉十分強韌，這種情況下還是需要休息的。

「那你們先到我家吧？就在附近。」青年氣音道。

對於他的提議，無頭男淺淺行了個禮表示感激，隨後把天烈背起來，跟著青年緩緩下樹。

◆◇

入夜後，天烈迷迷糊糊的在青年屋裡醒來。

環境十分昏暗，只有微微的黃光灑在身周，他找了一下光源，看見一株小巧的發光植物被包在透明球體裡，牢牢嵌在原木柱上。

室內擺設感覺像在客廳，木質為主的空間寬廣而空曠，地上鋪滿草蓆，近角落處還擺了一張小茶几與三個素色的軟坐墊。而天烈現在躺的地方，則鋪了一層薄薄的床墊。

天烈低頭一看，大部分的傷口都已經過清理與包紮，讓他身上那件染滿血跡的破爛衣服顯得更加駭人。

在他呆呆望著自己的衣服時，房門被輕輕推開了，青年探頭，與天烈對視後綻出一個清爽的笑。

「睡醒啦？」說著，青年拋了件衣服過來。

「我跟小哥都覺得直接幫你換衣服不禮貌，所以只把能包的傷口包一包沒把你扒光。剩下你自便啊，好了再叫我們進去。」

「……嗯。」天烈恍惚的看著門被重新關上，而後緩緩攤開青年拋來的服裝。

樣式依然類似東方古裝，但這次上衣比較短，下半身也不再是裙裝而是褲子。

著裝完畢，他將比身形大上不少的上衣打了個結後，立刻爬到門口把門拉開。

「……久等，我好了。」

「好啦？那快回去坐著休息。小哥你也進去坐。」

青年揮手招呼無頭男進房坐下，自己則繞了房間一圈，一一解開柱子上的黑色布套後，房裡頓時彷彿燈火通明。

「好酷的燈。」天烈看著透明罩裡的發光小植物，眼裡掩不住滿滿驚奇。

「裡面的草叫亮亮，到了晚上會自行發光，但全黑環境下會進入休眠。不曉得是哪個奇葩發現的，總之我們都把這東西種在家裡當燈用。」

「你們都怎麼給黃泉的生物起名字啊？」

「我們來的時候基本常識都還在，所以若是能跟人間對照的，我們都會直接照習慣取，但太奇怪的，像亮亮，就是發現的人隨便取我們跟著叫吧。」

欣賞完亮亮之後，天烈仔細打量身邊的兩人，他們的傷已經好全，現在正直勾勾盯著他看。

「……我說，你傷也好太慢了吧？」

青年說話的同時，無頭男在一旁輕輕彎腰附和。

「我覺得就各方面來說，我能醒來就已經是奇蹟了……」天烈乾笑幾聲。

「你確實傷得不輕，但沒到醒不來那麼誇張，你看連小哥都能像沒事一樣晃來晃去了。」青年指了指無頭男頸部的切口，一臉納悶，「像小哥那種整顆頭不見的傷拖很久還說得通，但你不該好這麼慢啊……」

青年又把天烈全身上下打量了好幾次，始終找不出頭緒，無奈之下只好拍拍天烈的背說，「要不是我不常回家，櫃子裡啥都沒有，就會讓你吃點東西。等明天他們都回來了，再上街買點吃的給你補補。」

「……等誰回來？」

「村裡的人啊。我家就在擁翠，離原河最近的村莊。其實，新人原本都是這裡人在接應的，但幾天前，附近出現攻擊性很強的羅魍，村長連忙在各大地區貼懸賞單求平亂，我那時人在外地，看到家鄉有難，就決定回來幫忙了。總之，我撕單子後村裡的人就全撤了，應該在後山避難。」

「不過，也是因為這樣，你才會碰上孿神的狂信者吧？而且我沒猜錯的話，你應該是個穿越者。」青年若有所思地望著天烈，「真是糟糕的巧合。」

「什麼意思？」

「大部分的人來到黃泉，都會失去除了本名以外的所有記憶。但有些人會記得生前的事，我們稱這些人為穿越者。」

「孿神教義裡明言，記憶被取走是神賜予的恩惠，而保有記憶的人，是因為有罪而無法得到神的祝福。我看那兩個人對信仰很執著，應該是把你當成罪人，想幫你走向正軌吧……其實也不是什麼壞人，就是死腦筋了點。」

「……所以，他們會突然那樣，不是因為我說錯話或做了什麼讓他們討厭的事，只是因為……我是穿越者？」

「大概吧。或許對他們來說，身為穿越者就是一種罪了。」青年對此也感到無奈。

「但希望你別因此討厭孿神信仰，因為那裡面確實有不少耐人尋味的東西，黃泉的許多現象也因為這個信仰獲得解釋。」

青年的說法十分中性，不像在傳教，而是在陳述事實。

「信徒因相信光之神的仁慈而善待彼此，因敬畏闇之神的嚴厲而不敢為亂，由於黃泉的人大多信仰孿神，這個核心概念確實讓人們有了生活規範。」

「我想，任何信仰都是要看人，像我也信奉孿神，但我不討厭穿越者，甚至挺喜歡跟他們做朋友的。對羅魍的態度也是，大部分人雖然相信它們是闇之使者，但還是會想與它們對抗。不是每個人都像狂信者一樣把教義照單全收，所以你不用太擔心。但我還是建議你，在外頭還是少讓陌生人知道你是穿越者比較好，除非確定對方不排斥。雖然對你不公平，但為了安全，你就包容一下吧。」

「……嗯。」

天烈的心情還是有點複雜，但青年友善的態度確實讓他心裡好過許多。

青年不發一語，只是揉了揉他的背表示安慰，屋裡沉靜了許久，直到青年再度開口，「我已經想好了，這次就由我帶你吧。我不常回來，所以沒帶過新人，但這次能碰上總是緣分，在你能自立之前，我會好好照顧你的。」

「謝謝，你幫了我這麼多，我都還沒問你的名字呢。」

「啊。」聞言，青年的神情尷尬了起來，讓天烈有些不知所措。

「別慌，是我的問題！其實我呢，是個賞金獵人。」青年連忙解釋，「我們靠撕懸賞單接案維生，經常會有好幾隊人爭一個大案子的情況，而且懸賞單的類型複雜，難免會因為完成某個任務而得罪另一個勢力。因為容易與人結仇，我們通常在不同的地方會用不同的代稱，除了自保，也是為了不牽連跟我們有關係的圈外人。」

「這樣啊……那我該怎麼稱呼你？」

「你隨便取一個代稱吧。我也不會問你的名字，當作是為你好，就讓我隨便叫吧？」

「可以。我明白。但一時要我想個稱呼……」天烈回顧青年的所有特徵，忽然靈光一閃，想起小時候阿公跟他提過的民間傳說——

「叫黑狗怎麼樣？在我生前的家鄉，有黑狗血能驅邪的說法，這個稱呼正好跟你的寶血相互呼應！」

「哈哈！這個好，我喜歡。」青年笑得開懷，「行了行了，那再躺回去睡會兒。現在沒東西吃，只好靠睡覺來養傷了。小哥也睡嗎？」

青年話一問完，無頭男便走到柱前幫忙熄燈了。

「好，大家都睡一下吧……小子你躺好！我跟他來就行。」

隨著兩人把黑色布套一一蓋上，房裡又陷入了黑暗，天烈默默躺著，想起目前經歷的一切，突然覺得，能像這樣安安穩穩的睡一覺，真的是件十分幸福的事。

天烈在黑狗家休養了幾天，在狂吃與狂睡的循環中，傷雖然沒好全，卻也已經是輕傷程度。

儘管如此，黑狗還是不住的叨唸他傷好太慢，無頭男似乎也這麼認為。但兩人想破了頭，就是找不出理由，只好更加勤勞的監督天烈吃吃睡睡。

在聊起受傷話題時，天烈還跟黑狗說了治癒能力的事。不過，知道治完會耗弱後，黑狗只用一句「那還是少用吧。」清清淡淡的結束對話。

在天烈養傷的日子裡，新人到來的消息已經在擁翠村中傳開，因逢避難日被遺漏的事情已經引起一波騷動，加上許久沒回鄉的黑狗這次居然打算留一陣子，讓天烈在踏出黑狗家門前，就成了村裡的話題人物。

登門拜訪的村民不少，連村長都親自來了，說是一方面感激黑狗給村裡平定羅災，一方面覺得對天烈有所虧欠。

據黑狗說，村長從他還是新人時就待在擁翠了，也是少數知道他本名的人之一。看村長閱歷豐富接應過不少人，天烈趕緊抓住機會打聽阿公的消息，但他講出的名字連村長都不知道。

「馮子偕……？這名字好熟啊！」倒是黑狗有了反應。

「黑狗你聽過他？」

「這個名字我有印象，但一時想不起來是誰。抱歉，我長期在外，遇過的人太多了，我再去獵人情報網打聽打聽，有消息一定跟你說。」

「謝謝……有很重要的事情一定得找到他。」

天烈刻意沒有提及馮子偕是自己阿公的事，畢竟來到黃泉的，打從一開始就是獨立的個體，加上失去生前記憶，家庭關係在這裡已經幾乎絕跡。

雖然還是有在黃泉認識後共同生活的結拜兄弟姊妹，也有相愛的人共結連理，但就算結了婚，也無法生育後代。

在這裡，會惦記著血緣的，恐怕只剩還保留生前記憶的穿越者了。

「對了，我還想問一件事。」知道暫時無法得到阿公的消息後，天烈立刻把焦點轉到一旁無頭男身上，「他的頭不見了，而且沒有與掉腦袋相關的記憶。奇怪的是，其他的傷都好很快，只有頭遲遲沒長回來。請問這樣是正常的嗎？」

「剛到黃泉的時候頭還在嗎？」村長問。

無頭男想了一下，隨後搖晃身子否認。

「如果一來就沒頭的話，可能是生前就掉了。我也不是很確定，這種情況很少見。」

連續碰了兩個大釘子，讓這位見多識廣的村長一時有些尷尬。

「不過，村裡有個人，處境跟他有點像。我把他介紹給你們，也許可以到他那兒問問。」

「你說老鐵？」黑狗接話。

「是啊。他那隻右腿，一來就是機械鎧了。像他這樣的案例，我還真沒見過幾個。」

「老鐵啊……嘖。」

「有你在，應該不用我跟去了。」村長朝黑狗露出意味深長的笑，而後轉向天烈，「抱歉。這次無法幫上什麼忙。」

「不會，這個資訊就很足夠了，謝謝您。」

天烈道謝的同時，無頭男也朝村長鞠了個躬。

不久後，村長就先行離去了。天烈似乎對新情報興致高昂，一副躍躍欲試的模樣。

「我們什麼時候去找他呢？」

「你覺得自己可以出門了嗎？」

「可以！我想出去散散步！」

黑狗仔細打量過天烈的傷勢，輕嘆一聲後微笑說，「那等我拿個刀。咱們這就找老鐵玩去。」

◆◇

三人來到一間打鐵店門前，店面不大，裡面卻充滿各色武器與金屬製品，質量高且作工精緻，可以看得出師傅的功力深厚。

昏暗的店鋪角落有個人，那人背對店門口坐在一張長桌前，看他專心工作的模樣，顯然正是這家店的主人——鐵拐。

「喲，老鐵。」黑狗率先走入店內。

「來啦。」

「你知道我們要來？」

「村長剛來打過招呼。」

鐵拐始終沒有回頭，直接朝黑狗伸手。

「怎麼？太久沒見想跟我握手啊？」

「什麼握手……誰跟你握手！跟你要刀子！」

「知道啦。開個玩笑。」

黑狗笑著把刀交出去，鐵拐立刻放下手邊的工作，小心翼翼的把刀拿出來。

「……臭小子，還是那麼粗魯。」

鐵拐一邊輕撫著刀身，一邊發出心疼的哀叫。

「哎，我可是清理完才帶來的耶。」

「刀留下，你可以滾了。」

黑狗揚眉而笑，聳肩往門外走去。以他對這位老朋友的理解，對方下逐客令時，立刻走人往往是最好的選擇。

「等等，小朋友留下。」

鐵拐終於回頭望向門外的天烈與無頭男，他的頭髮有些蓬亂，臉上帶著些許鬍渣，雖然打扮不修邊幅，卻因為那雙有神的眸子，讓他看起來不致於沒有精神。

「那可不行，他們是跟我一起的。留他們的話，我也得留。」
「走開。要問問題的不是他們嗎？我只想跟他們講話。」
「那你得給我個交代。」
「三天後來領刀。」鐵拐癟著臉，轉過身子指著門說，「滾。」
「你得告訴我何時來領小朋友啊！」
「……太無聊的話，我會馬上把他們放走。最長就是待三天，跟刀一起。」鐵拐的臉更臭了，「你最好現在就走，不然我要生氣了。我生氣的話會把你們三個都趕走，之後誰都別想來找我！」
「是是是，我這就走人。謝啦，老鐵。」
黑狗倒也妥協得很快，達成協議後就頭也不回的走出打鐵店外。
「剛剛……還好吧？」一見到黑狗踏出店門，旁觀良久的天烈神色有些不安。
「沒事，他嫌我沒好好照顧武器，跟我鬧脾氣呢。」黑狗小聲說，「這把大刀是他給我做的，總覺得他當初根本把刀當心頭肉割給我了，每次拿回來保養就跟我鬧一次脾氣！這人雖然瘋瘋的，但人不錯，你們掏出真心跟他相處就對啦。」
「小朋友，進來！」店內傳來吆喝聲。
「去吧。三天後我來接你們。」
「其實我認得路，乾脆我們之後幫你把刀拿回去吧？」
「也好，看你們高興。但太晚沒回家我還是會來要人啊。」

黑狗拍拍兩人的肩膀，看著他們進門後才緩步離開。

◆◇

「我知道你們要來問什麼。村長都跟我說了。」

兩人入店後，鐵拐把無頭男頸部的包紮拆下，繞著無頭男走了幾圈。

「你那顆頭，八成是生前就被人用刀砍了。因為砍得又快又準，你一時沒死透，現在大概是斷氣前一刻的樣子。」鐵拐端詳著切口，有些出神，「刀很利……是把好刀啊。砍的人技術也好。」

看著鐵拐癡迷的表情，天烈只在一旁笑笑不說話。

「其實，我不記得這條腿怎麼了。」話鋒一轉，鐵拐拍著右腿，搖頭晃腦道，「剛在原河醒來的時候，我還有點沮喪。」

「啊。」看著鐵拐略帶感傷的神情，天烈的心揪了一下。

「看著這條美麗的腿，我就想，其他部分也能一樣美就好了。」

「……這樣啊。」意料之外的答案。

「吶，就算我剛剛那樣猜，你還是什麼都沒想起來吧？」鐵拐繼續盯著無頭男的切口發問。

無頭男輕輕行了個禮表示同意。

「但你也覺得這樣挺好的，對吧？」

無頭男思索了一陣，又是輕輕行禮。

「是吧！」

鐵拐愉悅的拍著無頭男的背，無頭男則又行了個禮。

「欸？真的嗎？」

雖然看兩人似乎達成了什麼共識，但天烈依然無法想像他們的心情。

「到黃泉的人吶，會維持著生前某個時期的模樣。大家都不太一樣，也不知道標準在哪。」鐵拐轉向天烈，認真解說，「因為啥都不記得了，一開始有點心慌，但看到自己的樣子，就莫名覺得，啊，踏實了，好像什麼重要的東西被這副身體記憶起來一樣。」

「被身體……記憶？」

「身體本身就是記憶。我常常這麼覺得。」鐵拐朝天烈眨眨眼，一臉單純的問，「你不覺得嗎？」

「……嗯。」

天烈答得很含糊，因為身為穿越者的他，還真無法體會鐵拐說的話。

不過聽鐵拐這麼一說，他忽然覺得自己似乎也遺忘了什麼很重要的事……似乎就在一年前……

想到這裡，眉心忽然劇痛了起來，天烈下意識閉上眼睛，掩不住痛苦的神情。

「哎，怎麼啦？」

「沒關係，頭痛而已，我習慣了。」

「怎麼會沒關係？去坐下。」鐵拐拉出他剛剛坐的椅子，推著天烈就坐。

「啊，真美。」坐下的同時，天烈瞥見工作桌上未完成的金屬飾品，看著精細的作工，他下意識的發出讚嘆。

「真的？」聞言，鐵拐眼睛一亮，「除了武器，我也很想做像這樣的小東西。」

他立即捧起飾品看了看，臉卻垮了下來，「可我覺得不夠美。它看起來很普通，太像真的了。」

「我仔細看看。」天烈小心翼翼接過飾品，仔細品味了一番。

飾品是一只六片翅膀的大蝴蝶，大概是黃泉的品種。雖然刻得十分寫實而細緻，卻也因為細節過多顯得略為僵硬，不至於難看，頂多說是匠氣之作。

「鐵先生，您有紙筆嗎？」天烈輕輕將飾品歸位，問道。

「有，我拿給你。」鐵拐興沖沖的取了紙筆，遞上後是一臉好奇，「你要幹嘛？」

「突然想畫點東西。讓您見笑了。」天烈伏在桌上專心的畫了起來，他將蝴蝶的線條簡化，換成圖騰式的設計，此外，他還在幾個地方添加了陪襯的幾何圖樣，若那兒嵌上的是色澤高貴的寶石，必將飾品點綴得閃閃動人。

「這個好，這個好！」鐵拐樂不可支。

「只是風格不同，沒有好壞之分。剛剛聽您說之前的太寫實，所以我才這樣畫，但我其實很喜歡您的作品呢。」

「喜歡的話我可以送你！我可以用它換你這張圖嗎？」

「我很榮幸，但我其實沒畫過真正的金雕設計圖，所以不知道能不能做出來……」

「可以，我會自己研究！」鐵拐將紙收了起來，整個人心花怒放。

天烈回以溫和一笑。

「小東西，我器重你！來，有東西讓你畫。」鐵拐把天烈從椅子上拉起來，轉而對無頭男說，「你不准跟過來，椅子換你坐。」

「…………？」無頭男納悶，卻還是乖乖照做。

確認無頭男坐定後，鐵拐把天烈帶到店鋪底的小房間。

房內有張小床跟簡單的工作桌，一旁擺放著幾隻機械手臂、機械腿，還有一些類似盔甲的實驗品。

而最顯眼的地方，擺著一顆標緻的機械腦袋，腦袋旁擺著一張尚未燒製的素色面具，雕塑看來進行得差不多了，與其他作品相比，面具的線條意外簡潔有力。

「你看，只欠面具上的圖樣了。我覺得自己畫不好看，所以一直擱著。」鐵拐指著房內懸掛的機械腦袋，「跟你說啊，這顆頭本來是留給我自己用的，但你朋友好像更需要它，所以我可以讓給他沒關係。」

…………所以您原本到底打算怎麼用它？天烈不敢多想。

「我們偷偷弄，做好了給他一個驚喜！」鐵拐一雙眼睛迸出光芒，「我喜歡驚喜。」

「嗯！我會好好幹的。」想到可以給無頭男做禮物，天烈也興奮了起來。

「旁邊就是床，我知道你身上有傷，做累了就去睡一下，慢慢畫沒關係。」

「好的。鐵先生，我想我需要打稿，可以再借紙筆嗎？」

「好啊！我會拿很多很多紙來。」

鐵拐愉悅地走出小房間，留下天烈盯著雕塑完成的素色面具，想得出神。

專門為他設計的，獨一無二的面具……

思索的同時，紙筆被悄悄送了過來，天烈順手提筆，一邊想著兩人相處的片段，一邊坐在工作桌前認真畫了起來。

三日後清晨，金屬腦袋的改製順利完成，而天烈畫的面具也燒製完畢。

鐵拐將兩者組合妥當後，迫不及待的拉著無頭男進到店底的小房間。

「這給你，頭是我做的，面具是你朋友畫的。」

「…………？」

無頭男的反應並沒有想像中激動，他來回看了兩人幾遍，把眼狀紋轉向金屬腦袋後，就此沒了動靜。

「看來是陷入了茫然狀態。」天烈笑著下了註解。

「我們成功了！他高興到呆掉了你看看。」

鐵拐牽著無頭男到工作處組裝了一番，天烈在一旁時不時擔任助手，忙著忙著，晃眼便到了黃昏。

「好了！你快試試看。」

聞言，無頭男小心做出點、搖、轉的動作，而後伸手摸了摸自己的新腦袋。

其他兩人在確定成功後都鬆了口氣，此刻他們終於能細細觀賞自己辛苦了三天的成果。

天烈在畫面具的時候刻意配合無頭男的紋身，圖樣設計是帶有上古神話色彩的圖騰，配色則與金屬腦袋相稱。不出所料，量身製作的新腦袋搭上健美身形上的獸面紋，讓無頭男整個人看起來就像獨具美感的藝術品。

「好。這個好。」鐵拐顯然對這次的作品十分滿意。

「還喜歡嗎？」天烈走到無頭男跟前輕輕問道。

無頭男毫不猶豫的點頭，點完後又摸了摸自己的新腦袋。

「你會慢慢習慣它的。」

鐵拐胸有成竹的說完，無頭男立刻深深鞠躬表示感謝。

「可惜，你們要走了。」鐵拐沉吟一聲，從工作桌上提起黑狗的大刀，「我不想放你們走，可我是個守信用的人，所以還是要把你們還回去。」

「我們之後會再來找您的。」

「一定要來。我到時候也做武器給你們，比這把刀還要厲害的武器！」

鐵拐將大刀拿給天烈，刀比看上去的沉，讓天烈接過時歪了一下。

「那就先謝謝您了。」

與鐵拐道別後，兩人回到黑狗的住處。

「終於回來了……嗯？」黑狗早已守在玄關，門一開便發現無頭男的變化。

「老鐵把他的寶貝送你啦？哈哈哈哈！以前我總笑他做這種東西沒卵用，現在還真的用上了。」黑狗搭著兩人的肩，煞有其事的說，「你們做了大善事啊，成就一個老東西的奇怪夢想，不簡單。」

「你們兩個關係真好。」

「是嗎？我倒覺得總有一天會被他掐死。」

黑狗從天烈手中拿回大刀，乾笑了幾聲。

「都累了吧？先到客廳坐著休息，我去泡茶。」

◆◇

「啊，疲憊的時候坐下來喝點熱茶最棒了。」黑狗一邊說一邊把茶具擺上角落的小茶几。

天烈與無頭男乖乖坐在茶几旁的軟墊上，欣賞黑狗流利的把茶沖好。

像這樣靜靜望著別人沏茶，讓天烈不禁因陷入回憶而有些出神。

「拿著。小心燙。」

「…………………。」

黑狗一句提醒讓天烈有些觸景傷情，接過茶杯的手甚至有些顫抖。

「怎麼了？你看起來不太對勁？」

黑狗也注意到天烈的異狀，後者抿著嘴啜了幾口茶，待心情平復後才緩緩開口，「沒什麼。

忽然想起一個人。」

「馮子偕？」

「嗯。他是我生前的阿公。走得比我早一些……」天烈把茶杯放下，神情有些恍惚，「他過世前留了點訊息給我，能的話我得盡快找到他。」

「阿公嗎……」黑狗聽著，竟覺一股說不上來的懷念，「家人什麼的，來這邊以後，腦袋裡只剩一個解釋，實際上還真的無法想像。」

「如果可以的話，我也想記起生前的家人呢。」黑狗柔聲補充。

天烈點點頭，再次舉杯把茶喝光。

「唉。其實這三天下來我也不是沒做事，情報網查過了，也問了幾個可能知道的朋友，就是沒這個人的消息。」一想起這件事，黑狗就覺得納悶，「但這名字確實很熟悉啊……難道是我記錯了嗎？」

「沒關係，我會繼續自己找的。你能做這麼多我已經很感激了。」

「客氣啥呢，真是。」黑狗拍拍天烈的肩，順口換了個話題，「去老鐵那兒有得到什麼資訊嗎？」

天烈把在鐵拐那兒得到的解釋說了，黑狗琢磨了半晌，最終居然也點頭認同，「老鬼這次講人話了，挺貼切的。」

「所以你們都覺得現在的樣貌跟生前某個重要記憶有關？」天烈目前只能歸納出這個結果。

「或許吧。直覺有時是無法用言語解釋的。」

「我現在的樣子比我死掉時少了一歲……一年前我生過一場大病，難道跟這有關……唔。」

思緒一飄到這裡，天烈的頭又痛了起來。

「又頭痛？」

「沒事，等等就好了。」

「這頻率也高得太奇怪了。你說你生前就這樣了吧？何時開始的？」

「呃……就我剛剛提的那場病之後。」

「過來。」黑狗覺得事有蹊蹺，把天烈拉到身邊後，將手指咬破，用帶血的指頭在天烈額前比畫了一陣，說：「眉心有東西。」

「啊？」

「等等，我做個測驗。」

黑狗起身到附近櫃子拿了幾張老舊泛黃的空白符紙，用血在其中一張畫符後遞給天烈，並在上面灌注了符力。

「………？」看著手上跟一般紙沒兩樣的符，天烈一臉茫然。

「果然有問題。你把這張紙給小哥試試。」

天烈把紙遞給無頭男，無頭男接過後，符紙在他手上微微抽動了幾下。

「小哥你……這資質還真是………」

黑狗從無頭男手中接過符紙，才拿手上沒多久，紙立刻就化成了灰燼。

「呃?!怎麼回事？」

「某人教的。算是他少數值得我感謝的事之一。」黑狗似乎想起了什麼不愉快的事而打了個冷顫，「這個小測試，是分辨人的潛質用的。依人間的說法，潛質其實就是靈力或法力。」

「在人間，大部分人被囚梏在肉體中並壓抑了潛質，所以往往只有少數人能發揮，但其實只要是人，就多少有點潛質，像你剛剛那樣啥都沒測出來，一定是被動了什麼手腳。」

「符紙的反應代表什麼？」

「潛質分四大類，生與滅，恆與變，小哥那剛剛算是變，只是他潛質相對弱，所以動得不是很明顯，而我是滅，你可以看到符紙一到我手上就再見了。」

「那我有沒有可能是恆？」符紙剛剛都沒變啊。

「恆才不是這樣。恆的話，符紙會僵硬，像是被凍住一樣。依我看，你有可能是生。」

「……因為我的治癒能力？」

「嗯。不過你那個太逆天了，跟一般的生潛質不太一樣。我懷疑，大概是有人在你生前把你的特殊能力連著潛質封印起來，而你在黃泉重生時，部分封印受到破壞，比較特別的部分先洩了出來。」

「所以你的意思是，我的眉心裡，可能被封印了什麼東西？」天烈大驚。

「小伙子挺會舉一反三的。沒錯，我是這麼想。」黑狗再次伸出血淋淋的手指，「來，我幫你解封。」

「那位神人連這都教你了？」

「他就盡會些奇奇怪怪的東西。不過總算是用上了……嘖，居然被他說中了，真不爽。」

「……？」

「沒事。你乖乖的別亂動。」

黑狗將帶血的手指對準天烈的額頭，指間幾乎處及的剎那，只見天烈渾身僵硬的往旁邊一閃，神情變得十分古怪。

「不是叫你別動嘛！」

「不是我！身體……不由自主……」天烈的嘴角一僵，來自意念之外的強烈抗拒便掌控了他的軀體。

他確定自己很好奇接下來會發生的事，想讓黑狗趕緊試試，但此刻的身體卻不聽話，反而順著那股不屬於自己的意識行動。

天烈突如其來的異樣，讓方才靜靜坐著的無頭男迅速起身，但他的動作立刻出現猶豫——到底該阻止黑狗還是要幫忙牽制天烈？

「幫忙……壓制我……」

一聽見勉強擠出的話語，無頭男便迅速繞到天烈身後，將他的軀幹連同雙手一起緊緊圈住。體格差異讓天烈無法繼續掙扎，而黑狗也把握當下，用血液在天烈的眉心畫下簡單的符。

在血液觸及肌膚的剎那，天烈反射性閉上雙眼，原先悶在體內的痛楚瞬間被衝破體外的撕裂感取代，疼痛在撕裂後煙消雲散，黑狗震驚的神情隨即映入眼簾。

……咦？眼睛不是還閉著嗎？念頭一閃，天烈立刻睜眼，這時無頭男已經將他放開，來到黑狗身邊默默坐著。

「乖乖，你到底是什麼東西？」

「……？」

現在看東西怎麼突然特別帶感？好像從普通畫質跳級到超清版似的……望著黑狗誇張的臉部表情與僵直在一旁的無頭男，天烈疑惑得緊皺眉頭，卻感覺有什麼顆粒堵在眉間，他伸手一摸，在看見自己的指間後驚訝得停下動作。

「……咦？」這時候眼睛對上的應該是手心吧？額頭上突然出現了什麼東西？

「來，自己看。就算你之後回不去了哥還是會好好疼你的，別擔心。」黑狗不知什麼時候拿了一面鏡子過來，故作冷靜的將鏡面翻向天烈的正臉。

「……！靠、靠靠靠——」

「好孩子，別激動，靠那麼多聲殘害身心。瞧你額上那顆剛剛都變紅了……」

「黑狗你到底對我做了什麼？」

「我才想問問你裡面到底裝了什麼勒！」黑狗一臉無辜，緩緩將鏡子擱回茶几上。

「等等！把鏡子給我！」

天烈一把搶過鏡子，直接聚焦在額頭的異物上——就在黑狗抹血的地方，長出一顆方向與兩眼垂直的新眼睛，現在它正被盯得頻頻眨眼，水汪汪的黑瞳看起來十分惹人憐愛……

是眼睛！還是能影響視力的眼睛！明明貌似是身體機能的一部分卻顯然有點自己的意識啊！

這什麼鬼——

心中亂叫的同時，天烈忽然感到一條水痕延著鼻樑滑落。

「……。」不會吧……

滴落滴落滴落滴落滴落滴落……

「呃，既然都長在身上了，我一定會跟你合作愉快的。但我需要點時間習慣，你先別哭。」

天烈的心情似乎順利傳達給額上的眼睛，它立刻收起淚水，還用力眨了幾下。

「哇……現在好像開好兩個視窗在看東西一樣。」天烈一邊體驗著同時看到兩種視角的奇異感受，一邊伸手在三隻眼睛附近來回擺動，「是因為你的關係嗎？」

額上的眼睛乖巧的眨了幾下，天烈就當它是同意了。

「雖然能一次看到好幾種角度挺棒的，但一直這樣果然還是會錯亂……可以讓我回到原來的樣子嗎？」

眼睛露出些許寂寞的樣子，天烈看了不忍心，連忙補充，「會再讓你出來的！覺得悶的時候你就出來透透氣，好嗎？」

眼睛透過鏡面深深凝視著天烈，溫柔的眨了幾下後，便緩緩陷入天烈體內。

眉間恢復一片平坦。

「結束了？」黑狗方才啞口無言盯著天烈與眼睛對話，到現在才找回聲音。

「好像是。雖然不知到它是什麼，但挺乖挺可愛的。我不討厭它。」

……你也很乖很可愛。黑狗默默讚許，對這傻小子的疼愛之情又多了一些。

「那，現在再測測看？」看眼睛的事總算告一段落，黑狗又拿起一張符紙，畫了符塞到天烈手中後，灌注些許符力。

符紙立刻在天烈手中彷彿急速生長一般加長，沒有停止的意思。

「行了行了，快把符給我……」黑狗看呆了，伸手拿符的同時又是一陣驚呼，「傷怎麼又好了！？」

「你剛剛有碰我嗎？」

「那叫碰嗎大爺？只是給符紙時擦到一下吧？」

「……好可怕。」

「真挺可怕。」黑狗滅掉符紙的同時，忽然意識到自己好像解放了什麼恐怖的東西。

片刻之後，他又想起一件事，「你……治這種小傷不會耗弱吧？」

「不知道。」天烈話一出口，暈眩感頓時襲來。

「……………會。」

「…………。」黑狗無言的看著天烈就地躺下。

無頭男也看傻了眼，默默把自己的軟墊塞給天烈當枕頭。

「嘖，可我還有東西想教你。」黑狗望著地上的天烈，神情糾結。

「教啊。我沒事。」

「不會很難，你躺著學也可以。等你學會了，我們再一起教小哥。順利的話，之後三個人就溝通無礙了。」

「真的？」聞言，天烈立刻從地上彈了起來，但立刻被無頭男輕輕按回去。

「什麼技能啊，這麼厲害？」

「不算什麼厲害的大招，不過是潛質的初階運用。大部分的人來黃泉都能學會，但就是要人點一下。」黑狗笑著宣布，「我現在要教你們的，叫心靈溝通。」

「心靈溝通的對象必須很明確，對象人數不限，但對象之外的人無法聽到你說話。還有，這東西有範圍限制，對象距離你太遠也沒辦法使用。」

「範圍限制大概多遠？」

「沒確實試過，但能確定像擁翠這種小村子，從村頭到村尾是沒問題的。」

看天烈若有所思的點著頭，黑狗繼續解說下去。

「假如現在你要跟我心靈溝通，就得想著我，並專注於要傳達給我的話，在心裡『說』出來，像講話一樣一字不漏的。太快的念頭無法成為話語，我們平時思考習慣在心念一閃後直接說話，而現在就當成在腦中講完就行。」

「好，我試試。」

天烈坐起身來，深吸了幾口氣，試著讓自己專注在對象與腦中的話語上。

『黑狗，你聽得到嗎？』

『不錯，果然有天分。』

「……！」

天烈抬眼瞧見黑狗激賞的微笑，他並沒有開口講任何話，嗓音卻清晰可聞。
「小哥，要點你剛剛都聽到了吧？用相同方法說點什麼試試。」
『……該說什麼？』
「嗚嗚喔喔喔喔！」天烈與黑狗拍桌大叫。
『……！』
「效果真好，小哥你聲音挺好聽的啊！」
「簡直像真的聽到你說話一樣！太棒了！」
見兩人激動得直接喊出聲來，無頭男的心中漾起一絲喜悅。
「不過小哥你也回得太自然了吧？該不會以前偷偷練過？」
『以前……』
無頭男突然停頓了一陣，陷入漫長的思考中。
以前，試過嗎？
心靈溝通……
「這樣就算無法見面，也能聽見你的聲音了。」
「徹底安心了呢……」
「怎麼辦？好開心。真是太好了，狩！」
『……?!』

既熟悉又陌生的嗓音浮現腦中，讓他的心情忽然感到懷念的重量。

但……是誰？

『狩？狩是……我的名字？』

「不會吧，小哥你連自己的名字都忘了？」

『嗯。』狩的心音聽起來十分迷惘，『剛剛……到底是誰？我似乎在生前就學會這樣跟某人說話了。』

「不錯啊！還恢復了一點記憶。老實說，我還挺想知道自己生前是什麼樣子哩。」黑狗收拾茶具，起身走向門外，「好了，接下來你們要互報姓名還是閒聊就去講悄悄話吧，之後你們互叫名字我也會當作沒聽到。」

『好。謝謝。』

在黑狗離開客廳後，兩人對望了許久，最後是天烈受不了寂靜，終於開口。

「呃、是……狩嗎？我沒叫錯吧——」

『謝謝你。』

「咦？」突如其來的道謝讓天烈一怔，他趕緊擺了擺手，擠出一個尷尬的笑，「我才要謝你吧！你救了我那麼多次，還陪我來這邊找人……我倒覺得明明才認識沒多久，就給你添了很多麻煩啊！」

『……那時，我受傷倒在草堆裡，覺得怎麼樣都沒關係。之後，你來到我身邊，幫我把傷治好，還要我好好休息。我已經忘了上一次與人交流是什麼時候，只覺得好久沒人像這樣對我說話。』狩淡然的語氣中和著一絲溫柔，他將正面朝向天烈，用眼狀紋深深凝望對方驚愕的臉。

『想找到你，跟你道謝，最初只是這樣想的。沒想到你待我這般好，讓我與你同行。』

「別這麼說，我當時也想找個伴啊……」

『我在遇見你之後找回許多遺忘已久的情緒。是你讓我從空殼再次變回人……這也成了我想謝你的原因。』

『還有，新的頭我很喜歡，那時我傻住了，不知該怎麼表達。』話到此處，狩忽然停頓了一下，『還有好多話沒說出口，可我忘了……』

茫然的說完，狩再次陷入呆滯。

「噗哈……哈哈哈哈哈！」看著狩通常運轉的發呆，天烈忍不住笑了。

「……………？」

「抱歉抱歉……我太高興了。能像這樣直接跟你說話真好。」

『你很……高興？』

「是啊，因為狩是我在黃泉的第一個朋友嘛！」

天烈的笑語再次激起了狩心中的波瀾。

朋友。已經好久好久沒有聽到這個詞了……

「以後叫你阿狩好不好？感覺比較親切。」

『可以。』

「那我也告訴你我的名字——」

漫漫長夜，在兩人你一言我一語中，變得稍縱即逝。

◆◇

隔天早上，黑狗看天烈一副沒事做就渾身不對勁的模樣，不禁覺得好笑。

「小子，傷好得差不多了？」

「嗯。幾乎痊癒了！」

「好。那給你個差事。」黑狗拿出一面木牌，「把這個拿到村口物流管理處，我之前訂了一些東西，信鴿今天應該會送過來。」

「信鴿？」

「那是對信物獵人的代稱，信鴿雖然也是賞金獵人的一種，但他們只撕保護貨物或信物的單子。會特別被獨立出來，是因為那些都是麻煩事，弄砸了還要賠給雇主，一般獵人不太會去接那種任務。」

「原來如此，那我知道了，什麼時候去？」

「等一下就可以出發了，信鴿團帶著要來擁翠的貨物，大概昨天晚上就到了，今天應該會駐整天讓村民領件。」

「太棒了！」領了差，天烈整個人活潑了起來。

「小哥，你先去老鐵那兒一趟，上次保養武器的錢忘了給，順便讓他再給你做些調整。」狩點頭接過錢袋，小心的將它收進褲袋裡。

「小子，你別急。貨有點重，瞧你兩條手臂細得跟竹竿一樣，一折就斷似的，領完貨先別自己提，等小哥跟你會合，你們兩個一起提回來。」

黑狗說話的同時，狩在一旁頻頻點頭。

「那我找個顯眼的地方等你。」天烈笑著對狩說道。

「我今天會出去一趟，應該不會很久，總之備用鑰匙你們先帶著。」

交代完任務後，三人分別準備了一陣子，確認一切妥當後，便分頭辦事去了。

◆◇

天烈到了村口，果然看見很多排隊領貨的村民。

由於進入隊伍之後，村民的主動寒暄一直沒有斷過，輪到他時甚至有種自己沒有排很久的錯覺。

「下一個，來這邊！」

聽到呼喚，天烈拿著牌子來到一個青年面前，對方頂著一頭淡金色短髮，睜著碧色的雙眼，笑嘻嘻的看著天烈。

「你好，我來領件。」天烈拿出木牌，交給眼前的信鴿。

「喲呵，匿名密件。圈內人？」

「不好意思，不方便透露。」天烈知道黑狗對外一向小心，所以口封緊得很。

「總之一看就知道你不是本人。但不要緊，咱們看牌子說話，來，這邊請。」

天烈跟著青年走進物流管理處旁的帳篷，後者嘻皮笑臉的繼續問，「吶，真的不透漏一下嗎？你看起來一副新人樣，會包養新人的圈內人不多見啊。」

天烈笑笑不說話。

「嗯，對前輩如此死忠，我欣賞你！那不問他了改問你，你叫什麼名字？」

「……那你先告訴我你的名字。」天烈被問得有點煩了，索性搬出賞金獵人的忌諱來堵他的嘴。

沒想到青年不只沒有絲毫不悅，還對天烈露齒一笑。

「爽朗哥。爽朗的爽，爽朗的朗，哥就是哥，你懂得。」

…………一點也不想懂！不要在介紹的時候刻意強調三次爽朗啊，這樣超煩躁的！

「本名嗎？」儘管心中崩潰，天烈依舊保持冷淡。

「當然！我可不像其他同行，大丈夫敢做敢當，我只用這個名字！」

「…………。」

冷靜，名字好歹是人生父母取的，也必須給予尊重……天烈不斷提醒自己，以免不小心對這個名字有不禮貌的想法。

「唉，不過太多人都誤會這是代稱了，我必須解釋一下。爽朗哥是我到黃泉後給自己取的新名字，想想看，人都在這裡重生了，用之前的名字幹麻？那時我在原河旁邊，看著水面倒映出的自己，忽然覺得除了爽朗哥，實在沒有更好的名詞來形容我的氣質了。你看我都那麼認真解釋了，也該告訴我你的名字了吧？」

「……………。」望著眼前的自戀狂，天烈只想趕快領貨擺脫這傢伙。

「先領貨吧。」

「嘿。你不講的話我就不給你！」

「馮天烈。」天烈實在不想再跟這人糾纏下去，講就講吧。

「嗯，十分好聽的名字。你的貨在這裡，天烈。」

爽朗哥煞有其事的點頭讚許，隨後提起兩個大袋子。

「謝謝我自己拿就好你可以去忙別的客人了。」天烈搶過爽朗哥手上的貨物，捧讀般的道謝完後速速提著東西閃人。

可惜袋子確實有點重，天烈雖然已經加快腳步了，但爽朗哥還是三步併作兩步，死纏爛打跟了上來。

「別客氣嘛，天烈。你那麼瘦弱，提著兩個大袋子看了讓人多心疼啊。還是我幫你吧？把貨物護送到府也在信鴿的職責範圍內喔，看你可愛不跟你收費，怎麼樣？」

「會有人來幫我。不用麻煩了。」

天烈好不容易把袋子提到外面，找了個顯眼的地方把袋子放下站著休息。

「欸？那就告訴他，你在路上碰到好心又爽朗的信鴿葛格幫助你，叫他不用來了。」
「你很煩啦——！這麼閒的話去幫你同事啊！」
「哈哈哈！生氣了生氣了，好可愛喔。」爽朗哥一副看到新玩具的表情，「唉唷，看到你這樣害我也想去包養一個新人了。到底哪個前輩那麼聰明？知道要找這麼有趣的休閒娛樂。」
「……你……你不要去殘害別的新人。」天烈無力了，他實在不擅長對付這種無賴。
「哎？所以你這是要跟我走的意思？」
「誰想跟你走——」
天烈話一出口，立刻在遠方的人群中捕捉到狩的身影。
看著對方一路順暢的朝自己走來，他瞬間露出看見救星的表情。
『……怎麼了？』
遠遠感覺天烈散發的氣場有些焦躁，狩拋出了心靈溝通。
『沒什麼，只是被不乾淨的東西纏上，想快點回家。』
天烈話音未落，狩便在他眼裡消失了蹤影，下一個瞬間，他甚至還來不及感到驚愕，就看到狩出現在物流管理處，朝著他飛奔而來。
……是也不用那麼快。天烈被狩的速度刺激到了，整個人陷入驚呆狀態。
「嗚哇！那個人好快！朝你衝過來了耶天烈，他就是傳說中的幫手先生？」
爽朗哥在一旁用誇張的語氣問話，但天烈沒有搭理他，眼睛直直盯著越離越近的狩，直到對方在身邊停下。

『在哪？不乾淨的東西。』狩的心音中透出一絲警戒。

『…………現在沒事了。我們走吧。』天烈忽然有些擔心爽朗哥的安危。

狩輕輕點頭，提起袋子準備走人的同時，正好被爽朗哥華麗麗的攔下。

「幸會幸會～速度超快的幫手先生。我是負責天烈貨物的信鴿爽朗哥，就在剛剛，我已經決定要幫他免費送到府上，所以抱歉囉，你這趟白來了。」

「……………。」狩不發一語的盯著爽朗哥，無論從動作或氣場，都無法感受到任何情緒。

爽朗哥正想開口說下去，只見狩把兩個袋子移到同一隻手上，用空出的另一手提起天烈後，飛速衝出物流管理處的範圍外。

「哎，跑真快！話都還沒講完呢。」留在原地的爽朗哥一臉惋惜。

「怎麼？又在騷擾客人啦？」其他信鴿出言調侃，一副見怪不怪的模樣。

「你們懂得，我這人啊，就是有點怪癖。」爽朗哥看著兩人離去的方向，嘴角微微上揚，「一看到別人的好東西，就忍不住想奪走呢。」

「留你這種人當信鴿，將來一定是個禍害……」同行們不勝唏噓。

「咦？別這麼說嘛。至少現在我覺得跟自己的慾望戰鬥比較有趣啊！目前都沒遇過讓我心動到願意放棄這個樂趣的東西。」爽朗哥的笑容依然燦爛，「在我找到之前，大概都會窩在這個圈子當信鴿吧？走囉，工作去。」

◆◇

「原來你剛剛是走屋頂。」

被狩連人帶貨提上屋頂的天烈恍然大悟。

『必須走屋頂。這速度，撞到人的話……』

「不死也重傷吧。」天烈心情複雜的接了下去。

狩輕輕點頭。

『下次可以直接告訴我。』狩的心音再次傳來，『不用等我過去，看不到人也可以心靈溝通。』

「得了吧，又不是什麼大事，只是很煩躁而已。」天烈嘆氣，「而且我真心希望不要再有下次了……」

『也是。』

狩輕輕的笑了，除了笑聲，天烈心中還流入一股不屬於自己的，帶著關心的情緒。

這個情緒來自於狩，天烈心裡清楚，學會心靈溝通之後沒過多久，他就發現自己能感應到的不只話語，有時，發話者的情感也會一起傳遞過來。

「那，差不多也該走地上了吧？我可以提其中一個袋子。」

『可是這樣速度比較快。你不是想快點回家？』

「阿狩！」

沒好氣地喊完名字，對方愉悅的心情立刻與自己融成一片。

如此切實的感受著不屬於自己的心緒，讓天烈頓時感到一陣微妙。

狩帶著天烈翻下屋頂，把其中一個袋子交給他。

『……還好嗎？』見對方忽然安靜了下來，狩顯得有些疑惑。

「沒事，只是有點不習慣情緒也一起相通的感覺……」

『情緒？』狩的心音依然迷惘，思索過後，他的態度轉為嚴肅，『天烈，我覺得你必須學著控制心靈溝通的能力，不然之後……也許會很痛苦。』

當狩的話音在腦海中消失，一股沉重的愁緒馬上占據天烈的心思，那情緒包含著無比巨大的孤寂、沉痛，與不知從何而來的深層悲傷。

「阿狩……？」不屬於自己的眼淚從天烈頰邊滑落，他也搞不清是怎麼回事，只是單純被強烈的情緒感染，身體便有了反應。

『糟糕……我對這些早就習慣了。』狩的嗓音充滿懊惱，『對不起……。』

「天哪！你的內心每天到底都在跟什麼東西戰鬥？這些……一直跟著你嗎？」

『嗯，也許跟生前有關。但都不記得了。』

什麼都忘了，卻留下巨大的傷痛嗎？

天烈無言以對，只是抹去臉上的淚水，蹙眉沉思。

『抱歉。我……』

「幹麻一直道歉？讓我為你流幾滴淚不行嗎？第一次覺得還好自己有眼睛可以哭！」

天烈一向不喜歡在人前哭泣，自阿公過世後更少了唯一可以放心大哭的對象。但此刻的眼淚並非出於自身發洩，因此他並不排斥。

狩沉默的正對天烈清瘦的臉龐，對方帶紫的黑瞳還有些濕潤，掛在長睫毛上的細小淚珠此刻顯得格外奪目。

『你真的……很溫柔。』

聽著狩柔和的聲音，天烈再次慶幸看不到他的表情。因為這語氣搭配上的表情，也許真的會讓他鼻酸。

「好啦！我們別在沉重的話題上繞彎子。快走吧，黑狗搞不好已經回家了。」

『嗯。』

狩的應答傳入腦中後，兩人就這樣並肩走回黑狗的住處，一路無語。

◆◇

兩人一打開門，果然看見黑狗已經守在玄關等人。

「小鬼怎麼啦？被信鴿欺負了？」

見天烈紅著眼睛回來，黑狗一時有些驚愕。

「哪個不要命的敢欺負老子家新人？講一下外貌特徵，下次碰上了看我教訓他。」

「沒人欺負我啦，別亂結仇！先不提這個。你要的東西我帶回來了。」

「呿。賣什麼關子。」黑狗挑眉而笑，上前用力揉了揉天烈的背。
「之後有什麼事就直說。已經說好會帶你了，跟我客氣我會生氣啊！」
「我知道啦。」
天烈一邊回應一邊扶著剛剛被搓揉的地方，說也奇怪，被揉了幾下後他竟感到眼眶一熱。難不成剛剛的事還在影響他？怎麼一下子情緒這麼不穩定？
「額……太恐怖了。我說黑狗，心靈溝通到底是什麼鬼技能？一番折騰後我都不像我了！」
「那是你道行太弱，你看小哥這不是好好的嗎？」
「他各方面都強到規格外，別拿他跟我比啊！」
「他那點潛質哪裡強了？怎麼看都是你比較規格外……」
『別跟他拌嘴了，黑狗。他的情況有些異常，我認為不適合開玩笑。』
狩聽兩人越講越離題，忍不住插嘴把話題往回拉。
「唔，被認真的訓斥了！這小子的問題真有那麼嚴重？」
『是的。他現在能相通的已經不只有話語，連別人的情緒都會直接對他造成影響。』
「……這小天才真他媽讓人不省心。」
『如你所見，今天他會情緒不穩是因為我的關係。再這樣下去，我會先讓自己再次成為空殼，直到他會控制為止。』
「等等！你們在說什麼？阿狩你好像在計畫什麼恐怖的事啊！」

天烈慌張的打斷兩人的對話，目光迎上黑狗複雜的神情與狩的金屬腦袋。

『不是恐怖的事。這樣做對你比較好。』

狩的語氣無比認真，但天烈聽了只覺幹意滿滿。

「才裝了金屬腦袋就馬上生鏽啊？自殘也是恐怖行為好嗎！」

『……？』

「不要發呆！」

「……抱歉我錯了原來你們兩個一樣讓人不省心。」望著僵持不下的兩人良久，黑狗上前拍了拍天烈說，「你啊，這是何苦呢？人家只教你用心靈溝通講話，你還真的跑去跟別人心靈交流啦？做到這份上其實已經不叫心靈溝通而叫心靈共感，是相當高階的技能，別人想練還不見得能練成呢。」

「欸？什麼跟什麼？」天烈表示驚恐，「我沒特別想幹麻啊，不過是跟阿狩講講話……」

「不用解釋我也知道你是無心插柳。告訴你，想把這技能練完全，感受別人的情緒只是第一步。要是你練到能影響他人心情的程度，戰鬥時開個掛拖垮敵方士氣，不用動真格就能打贏啦。」

「才不要。我沒那麼陰險。」

「什麼陰險？這叫心理戰！」黑狗彈了天烈一下額頭，不疾不徐的繼續說，「好好的技能，被你這傻小子隨便亂用實在可惜。單憑你那點心理素質，開了共感八成只會被入侵的情緒搞得暈頭轉向。」雖然黑狗表面上對天烈又是一番調侃，但心裡其實挺喜歡像他這樣單純正直的思考方式。

「所以，為了你的心理健康著想，你還是別太常共感比較好。」

「不是我能控制的啊……有什麼方法能讓共感收斂點嗎？」天烈從來沒想用這個能力幹大事，現下聽黑狗講成那樣，反而覺得麻煩。

「一時想不到確切的，畢竟我自己也沒到能共感的程度。」黑狗坦承，「你現在也只能試著告訴自己別被相通的情緒牽著走。只要決心夠強烈，心靈層面的能力用意識還是多少控制得住。」

「那就這樣吧。其實我覺得分攤一點朋友的心情也沒什麼不好，大不了不跟不熟的人心靈溝通吧。」

「這也是個方法。」

「啊，問題暫時解決了。我們趕快來看那兩大袋裡到底裝了些什麼！」

天烈直接無視來自於狩的糾結情緒，索性提起袋子往客廳走去。

「喂，你這樣行嗎？小哥畢竟是為你好。」黑狗上前搶過其中一個大袋子，拖著天烈停下腳步。

「可我不想他這樣。出問題的明明是我，他還……」

黑狗一靠近便撞見天烈賭氣的神情，一臉憋屈樣讓他看了不禁噗哧一笑，順手捏了他的鼻子幾下。

「唔！黑狗？」

「呵呵，不知為何就是想這樣做。」黑狗收手後回過身，無奈的對狩喊道，「我說你也別鑽牛角尖啦！他這不是好好的嗎？」

「……。」

天烈背對狩，沉默的站在黑狗身旁，最終還是偷偷瞄了站在後方的人一眼。

『阿狩，在聽嗎？』

『……。』

『雖然不知道是什麼原因讓你把犧牲看得理所當然，但你要知道，我也會在意你的身心狀況。』

『……？』

『無論是不是出於你的意願，能同理你的痛苦，甚至想辦法幫你分攤一些，對我來說都是值得高興的事。』

『……為什麼？』

『因為是朋友啊！』天烈答得理所當然，『朋友是互相的，你幫我的同時，我也會想要幫你。』

到底為什麼……會在意像我這樣的人？狩此刻的心情，雖是回應著天烈的話語，卻在內心深處的某個角落，與某段記憶隱約重疊。

他依然弄不清具體的回憶，而這個念頭似乎也意外的沒被傳達出去。

躊躇了半晌，狩決定將這件事悄悄擱在心裡，跟上前方兩人的腳步。

三人都到達客廳後，黑狗將兩個袋子翻來覆去，查看數次後，才將它們分別拿給天烈跟狩。

「欸？這些是……？」天烈望著袋子中的衣物與護具，一臉疑惑。

「我看你們的樣子，恐怕缺些衣服什麼的，所以就趁你們找老鐵的時候跟熟識的老闆訂了，材質很耐操，我出差時也都穿這種的。不過尺寸是靠目測，你們等等還得試一下合不合身。」

「至於護具……我想你們倆之後旅行時也許會用到，所以也一起買下了。買這種東西必須靠經驗，有些看起來很酷炫，但上了戰場根本像紙糊的一樣。」

「結果居然是幫我們買東西……」天烈露出感激的微笑，連忙問，「那你自己呢？好不容易賺來的錢，不會全花我們身上了吧？」

「哪那麼誇張。別在意這種小錢。」黑狗擺擺手說，「你們喜歡比較重要。趕緊試試合不合身。」

『黑狗，關於衣服……』狩盯著黑狗贈與的衣物，陷入為難。

「對喔，你如果穿了上衣，就沒辦法用五官了。」天烈一被點醒，就急忙向黑狗說明，「他的五官是靠身體上的獸面紋運作的，如果被衣物遮蔽，肯定會受到影響。」

「原來是這樣。之前我還納悶小哥怎麼都沒跟我借衣服？真有趣，難不成那張獸嘴其實會開口說話？」

『沒有那種功能。我身上的紋路只能用在視覺跟聽覺，其他恐怕只是裝飾。』

「不過如果真是這樣就沒辦法了。沒差啦，一塊布帶出去總會有用的，你晚上也許可以把它當被子蓋？」

『抱歉，辜負了你的好意……』

「你們先別急！衣服改一改還是能穿吧？黑狗，你有針線包嗎？」

「咳、你會改衣服？」

黑狗與狩轉向盤坐在地的天烈，後者眨著眼，一副理所當然的模樣。

「會啊！媽過世後，家裡的針線活通常是我在做。而且我妹的衣服不知怎麼的常破損，有時明明才剛買不久就被她穿到像破布一樣。我看她這樣實在無法忍，就常偷她衣櫃的舊衣服出來翻新後再塞回去……」

「…………。」哥哥偷翻妹妹衣櫃的畫面太美，其他兩人不敢去想。

「我也是逼不得已啊！誰叫她一點都不在意。我不知道她到底把衣服穿去幹什麼事，每次跟蹤都會被甩開。但看她好像也沒有變壞的跡象，我也就放棄跟蹤的念頭了。」

「…………。」

「不過，她後來好像知道我會偷她的衣服出來改，但似乎沒有生氣，所以我就改得更盡興了，還會加上自己喜歡的元素。每次完成後默默看她穿上那些衣服，感覺簡直是——」

「……我去拿針線包，你在原地等著。」黑狗趕在天烈周圍噴射出更多小花之前落荒而逃，留下狩靜靜坐在他身旁。

『你的……妹妹嗎？』

「是啊。現在想到我妹，就後悔生前沒再多疼她一些。」天烈輕嘆一聲，稍微冷靜後，眼裡流露出淡淡愁思，「想再抱抱她，梳她那香香的頭髮，但果然還是不希望她太快過來。」

『你或許用不著那麼懊悔。目前聽來，你其實對她很照顧？』

「哈哈，但上大學後我就到外地念書了，課業太忙連回家的機會都很少。」天烈複雜的笑了幾聲，輕柔道，「對我爸也是。媽過世已經讓他夠難過了，我還讓他白髮人送黑髮人。」

『記得越多，留下的憂愁似乎也越多……你會因此覺得不幸嗎？』

「不會。雖然想起家人難免會感傷，但還是慶幸自己能記得他們。」

『儘管會感到痛苦，卻還是想記得嗎？』狩的腦袋微微低垂，對自己無法想像這種心情而感到失落。

「唉，感情這種事太複雜了，跟人相處也是。有時候，跟越重要的人相處，心情反而越複雜。」天烈仰頭，瞬著純淨的眼說，「跟他們的回憶不全是快樂的事，甚至有不少心痛的成分，但你還是會想珍惜跟他們的關係。」

「我想，阿狩在生前一定也有像這樣的緣分，當你想起來後，就一定能理解了。」

『嗯。我果然……還是想記起多一點事吧？』

自從片段回到腦中，狩一直覺得自己忘了很重要的東西，現在聽了天烈的話，他的內心又有一絲波動，但他小心的將這份感覺收好，以免造成對方的困擾。

或許是生前所學幫了他一些，狩很快就能隨心所欲控制己方的能力，至少現在天烈看起來正專心思考自己的事，並沒有受到他的影響。

「唔。目前我在找人，而你想恢復記憶，我們果然不能過得太安定啊……」天烈幾天來一直在思索他們自立之後的各種可能性，考慮各種需求後，有個想法在他心中孕育而生……

「阿狩，你覺得我們跟黑狗拜師，學習當賞金獵人好不——」

「咳、我錯過了什麼不得了的轉折？」

剛到現場的黑狗將針線包拋給天烈，詫異之情溢於言表。

『我覺得這個主意可行。』狩轉向天烈，正經道，『賞金獵人四處旅行的特性跟豐富的情報網，正好是我們需要的。』

「對吧？」

「喂喂，雖然不知你們為何會扯到這件事上，但你們好像沒搞清狀況。」黑狗嚴肅打斷二人的對話，「你們剛剛說的確實是賞金獵人的優勢沒錯，但這環境的骯髒跟危險遠遠超過你們的想像。我說過，做這行容易與人結仇，而有些事情一旦沾上邊就很難脫身……我當年就是在懵懂無知的狀況下被半哄半騙入了行，別看我現在混得不錯，曾經我也吃過不少苦頭的。」

見天烈與狩都陷入沉默，黑狗露出無奈的笑，眼神也比方才緩和了許多。

「我剛剛出去，其實就是為了打算將來的事。你們知道，我這次帶新人也算是初體驗，先跟有經驗的村民們取個經，才不會誤了你們。」

「黑狗，我真的不知道該怎麼謝謝你……」天烈被黑狗的用心深深感動。

「想謝我就讓自己過好好的吧。」黑狗笑道，「之後我打算帶你們到黃泉幾個大城市裡轉轉，看你們喜歡哪，就想辦法在那裡定下來。」

「我有點好奇，之前帶你的人是怎麼做的呢？因為你說的方法未免太耗你時間了。」天烈輕輕蹙眉道，「我不知道擁翠其他人是用什麼方式度過這段時期，但以賞金獵人的工作性質，帶我們的時間幾乎是無法接案了。那怎麼行？」

「我原本是這樣打算沒錯。不過我想想，帶我的人啊……」沉思了一陣，黑狗搖頭嘆氣，「算了吧。那種一腳把你們踢進火坑的事，我才不會幹。」

「…………。」

天烈等人再次陷入沉默，而黑狗繼續說下去，「黃泉雖然有統治者，但王權基本上比較像虛座，論實際的影響力，目前有三個團體勢力最大，分別是冒險團公會，賞金獵人，跟穿越者聯盟。」

「穿盟我不熟，他們戒心很高，而且很排外，基本上不是穿越者根本無法進一步了解他們。而賞金獵人，我剛剛說過，組成太複雜，不適合你們。」

「所以只剩下冒險團公會了？」

「對。其實一般善良老百姓都是歸在冒險團公會轄下，只是有成員及非成員之分。擁翠比較特別，是黃泉唯一沒有公會的聚落，而其他城鎮都至少有一、兩個公會坐鎮。其實，聚落首長大多也是公會成員，所以實際上公會對地方的影響力才是最大的。」

「公會的成員都在做什麼？」

「他們啊，當勇者保衛家鄉呢。」

「黑狗你別逗我了。」天烈沒好氣道。

「沒逗你，我講真的，公會成員真有一個類別叫勇者。」黑狗的神色十分認真，「你在城裡看見住在街上的，通常是一般人。公會成員的話，基本上都住在公會建築裡，目的就是集中訓練。」

「人家是有組織有紀律的，訓練還會分職業，工作內容主要是組團幫家鄉的人出任務，有羅魍來襲的話，也是公會派人抵禦。不過，最近似乎出現把殺羅魍視為榮譽的風氣，有的公會為了衝業績還會來跟咱們搶案子。雖然有點煩人，但他們看起來真的比我們單純多了，為公會榮譽腦衝熱血的傢伙其實還挺可愛的。」

「……。」

怎麼聽都是一群把羅魍當魔王刷的腦衝啊！抱著自己是正義使者的妄想出死亡任務才是最危險的吧？

出於對冒險團理念的不信任，天烈並沒有放棄說服黑狗的想法，當他還在思考對策時，狩就搶先接了話。

『先別太早下定論。黑狗，你下次出任務的時候方便帶上我們嗎？當成是同路的旅人就好，天烈由我來保護，你不用擔心。』

「……聽起來哪裡怪怪的，不過他說的大致沒錯！」見狩跟自己站同一陣線，天烈趕緊在一旁加油添醋，「就讓我們跟一次，覺得太危險我們搞不好就退卻了！」

「這……」

「我們會顧好自己，保證不給你添麻煩！」

「唉。看來不讓你們親身體驗，你們是不會死心的吧？我考慮一下。」

黑狗看起來十分為難，緊鎖的眉頭擠出許多深邃的皺紋。

「那你慢慢想。我先開工了。」

趁著等待的空檔，天烈把狩喚來，開始進行他的改衣大業。儘管兩人在一旁吵吵鬧鬧的幹活，也絲毫沒有打斷黑狗專注的思緒。

良久，只見黑狗倏地起身，把天烈跟狩嚇了一跳。

「走吧！」

「欸?!去哪？」天烈的口中還咬著線頭。

「……快弄好。我等你。」黑狗嘴角抽搐的把話說完，看對方穿針縫衣一副純良賢慧的模樣，決心不再次動搖都難。

他就這樣呆呆盯著天烈繼續縫了好一陣子，在對方終於開始收線打結時才狠下心，鏗鏘道出他的決定——

「一會兒就開始打包，然後把裝備穿上。咱們去撕單子了！」

三人來到村裡最大的茶館，由於已經入夜，店內所剩的客人並不多。黑狗隨便找了個空桌要另外兩人坐下，隨後把錢包扔給天烈。

「隨便點個什麼來吃吧。我談工作要一陣子，你們就在這裡別跟過來。」

看來黑狗雖勉強同意三人行，但阻止天烈與狩入行的態度依然堅決。

「難得帶了可愛的新人來，就這樣私藏對得起老朋友嗎？」

「……幹。」一聽見從暗處傳來的陰柔嗓音，黑狗瞬間露出天崩地裂的表情。

「親愛的你好沒禮貌。失聯這麼久，才聽見我的聲音就想開幹了嗎？」

說話的是一個膚色蒼白的高佻青年，他從櫃檯後方的小房間緩緩步出，及腰的烏黑長髮隨著他前行的腳步輕輕搖曳，襯出他高挺的鼻樑與謎一般的紫色眼眸。

「我到底是造了什麼孽，為何偏偏在這種關頭遇上你……還有，我從來沒把你當朋友，離我遠一點。」

「唉。雖然很想說是因為我倆纏綿美麗的情緣，但可惜這次的相遇並非巧合。」青年直接忽視黑狗後半句的嫌棄，一直掛在臉上的笑容轉為曖昧，「吶，是我特地來找你呢。有個大案子

——」

「不接！我今天是來撕小單的，誰都不能阻止我。」

「呵，由不得你。這是特約案，雇主欽指，我也沒幫你回掉。」青年一臉愉悅的玩著指甲，用好聽的聲音輕聲說，「誰叫你還綁了兩個約在我身上呢？不過這次之後就剩一個了，叫人黯然神傷。」

「呃……黑狗，這位是？」

難得看黑狗的氣勢在別人面前弱了下來，天烈忍不住在意起對方的身分。

「不！你們不需要知道他！」黑狗氣急敗壞的大吼，立刻轉往櫃檯的方向，「該死……還在這時候。你們倆先回家，這兒沒你們的事了。任務體驗等之後再說！」

「嘿嘿～來不及嘍！我已經記住他們的長相了。」

語畢，青年掛著微笑朝客桌走去，黑狗見狀連忙迅速的伸手一抓，但青年從容不迫的晃身閃躲，還順勢挨到天烈身邊坐下。

「初次見面，你好。敝人名喚墨雲，是一名任務仲介者。」墨雲眨著謎媚的紫色眸子，柔聲讚嘆道，「哇，是個頗有姿色的孩子呢！瞧那雙眼睛生得多漂亮？對面那位小哥，身材真好啊……你們是一起的嗎？有興趣接案子嗎？」

被一個風姿綽約的美青誇獎頗具姿色已經是心情微妙，加上眼看黑狗已經氣到炸了毛，天烈只好乾笑幾聲，並沒有多做回應。

「靦腆含蓄，可愛極了。」墨雲綻出美艷的笑，語氣婉轉而輕快，「孩子，別怕。你家前輩剛來黃泉的時候，接濟他的人就是我喔。硬要說的話，我還是你們的祖師爺呢！」

「去去去，給我閉嘴。少在那邊汙染空氣玷汙我家純潔的新人！」黑狗送上兩枚白眼，毫不客氣的開罵，「我才不像你專幹些死沒良心的事。我極力反對他們倆接觸這塊！帶他們來這兒只是讓他們退卻的策略。你要是敢對他們出手，別怪我翻臉不認人！」

「嘻，你還記恨呀？」墨雲絲毫沒有反省的表情。

「這仇我會記一輩子。」

「哎，真好。你心裡會一直有我。」

「……有屁留到暗房裡放，在公開場合盡講屁話你可不可恥？」

「嗯？害羞了嗎？那我講正事。偷偷跟你說，這次的委託人是玄鳥城的富商，似乎是合夥人被女山妖拐去了，必須找回來。這事不太光彩，他怕影響生意所以想特約保密處理……啊，似乎被孩子們聽到了，該怎麼辦呢？」

「……你是故意的吧混蛋！」

方才墨雲雖是在跟黑狗咬耳朵，但刻意把音量控制在能讓天烈等人聽到的範圍內，而且他的語速飛快、說話流暢清晰，讓人在來不及打斷他之前就不知不覺把話聽完了。

「呵。」

「呵屁啊！你到底想怎樣？」

「沒怎樣，只是想探探孩子的素質，尤其秀氣的那個。」墨雲的嘴角揚起玩味的弧度，悄聲對黑狗說，「在我眼中，是塊不得了的璞玉呢！雖然一看就知道不是用來打架的。」

「你……」黑狗看起來快崩潰了，一切已經遠遠超出他的計劃之外，怎麼也拉不回來。

「既然一起聽了保密合約裡的東西，你們也只好組隊出任務囉？」墨雲不理會黑狗的反應，轉而露出可憐兮兮的神情，對著天烈與狩央求，「可以吧？你們忍心讓前輩為難麼？」

「……只有一次的話，應該沒關係吧？」

雖然自知被對方耍著玩，但這坑也正好順了天烈的意，於是他爽快的跳了，並沒有顧慮太多。而狩則在天烈開口後也微微點了幾個頭，這段期間他一直保持無聲，連心音都沒有釋出，大約是見了黑狗的態度，對墨雲有些提防。

「你們真好。那剩下的細節就到暗房談吧！來，這邊走。」

墨雲一邊指路一邊熱切的挽起天烈與狩的手，喜孜孜的拖著兩人往暗房走去。

◆◇

濃綠、翠綠與染著亮黃的亮綠填滿視野，陽光被樹葉篩成點點金光，灑落在鋪滿石子樹枝的山路上，一路逶迤，綿延不絕。

伴著地上閃耀的光點，黑狗領著天烈與狩，不斷往深山前進。

現在三人身上都穿著出任務用的輕裝護具，相較於黑狗身經百戰的老舊裝束，後面兩人的衣裝散發出青澀的光彩。

「為什麼事情會變成這樣……？」黑狗緊緊捏著墨雲親手繪製的任務地圖，強忍想要把它撕爛洩憤的衝動。

「黑狗，別介意啦。女妖聽起來很難對付，能組隊不是挺好嗎？阿狩的戰鬥力那麼強，而我雖然不會打架，但至少能治療傷口。」

「……傻小子，你還不懂嗎？雖然大家口頭上還是習慣稱妖，但遇過的人都心知肚明，黃泉的妖怪其實就是罹魍宿主。」

「恩。我大致有猜到。」

「既然都知道了，幹麻還堅持跟過來？墨雲隨便跟你唬爛幾句你就信了嗎？那傢伙講十句有九句半都是屁話！違約頂多被扣點錢，絕對不構成你們冒生命危險的理由！」

「這些我們都清楚。講白點，是我們自己決定跟過來的。墨雲不過是給我們正當理由罷了。」

聞言，黑狗不禁為之氣結，但回頭望見天烈老實的表情，又捨不得罵下去。

「撇開這些不談，上次光是殘渣你就對付得很辛苦了，要是來真的，你確定你的心理素質真的夠強？」

「放心吧！妹妹是我的幸運女神，只要心中有她，罹魍算哪根蔥？」

「……有誰可以把這個瘋子打包帶回去？小哥你認得回去的路吧？」

突然被點了名，狩喬了個位置，把紋身正對黑狗後緩緩說，『讓他跟吧。我會保護他。』

「……。」

話題在狩淡漠的心音後宣告結束。

三人一語不發走了一陣子，終於，當他們被遮蔽整片天空、橫跨兩棵巨木的龐大蜘蛛網擋住去路時，天烈忍不住開口問話。

「這是……女妖的巢穴嗎？明明地圖上還沒到啊。」

「不是女妖，這是人臉蛛的網。」黑狗放低聲量，一臉警戒的掃視周遭環境，「這東西通常會在深山裡出現，少數會像現在這樣出現在半山腰。」

『大概是出去覓食了。趁現在快走，小心別碰到網子。』狩在確定四周無虞後，壓低身子喃喃，『別遇上最好，有點難對付。』

「小哥你之前碰過？」

『嗯。但已經過了很久，只記得當時一個人打得很辛苦。』

談論的同時，三人小心繞過懸掛的蛛網的樹，又跨越幾條極細的蛛絲。確定脫離巢區後，天烈便重拾好奇心，頻頻回頭顧盼，試圖從遠方觀察大網的形貌。

「雖然這麼大張的網很嚇人，但不得不說遠看還真漂亮。」

「呵，你會這麼講是因為沒看過人臉蛛本身。」黑狗乾笑了幾聲，勾起的嘴角有些僵硬，「在黃泉還沒有人類之前，那大概真的是這裡長得最像人的生物，不過……呃，算了。」

「人臉蜘蛛的頭胸有擬人面的圖騰對吧？人間的人面蛛是這樣，不過我只看過圖鑑。」天烈粗略估出蜘蛛的大小後，在胸前捏出指節大小的範圍，「明明小小一隻，卻能織出遮蔽整片天空的網。我從以前就很想看看這種生物的真容呢！」

『……我想，我們應該不是在講同一種東西。』

狩的心音傳來。

「小小一隻？這笑話挺好笑的。那種東西怎麼可能——」

「……我好像知道你們在說什麼了。」

「?!」

天烈意外平靜的聲音讓狩與黑狗一時無法反應，兩人順著天烈驚呆的視線瞧去，一抹急速飛越林木的巨大殘影便抓回他們的專注力。

殘影在閃動幾下後隱沒於叢林中，天烈等人連忙繃緊神經，背靠背圍成小圈。

「注意正上方！」當寬廣的陰影擾動四周光點的剎那，黑狗大喝出聲，三人一齊抬頭，與一隻倒掛在網上的巨型的人臉蛛四目相交——如果那張結構上是腹部的人臉真的有功能，而且沒算上排列在人臉額上那三隻副眼的話。

「黑狗……你確定它不是罹魍的宿主嗎？」

『噓！別說話。用心靈溝通。』

『抱歉。』

『現在壓低身子，往我們剛剛前進的方向慢慢走……小心！』

黑狗用心音發令的同時，人臉蛛也正從腹部人臉的口中朝地上噴射出數發絲線攻擊。

『噁，看起來好像在隨地吐痰……』

『……噗。』

『阿狩你笑啥呢！有點危機意識好嗎？』

『不錯。看你們還會打屁哈啦我就放心了。你們先繼續照地圖走，我隨後跟上。』

「……欸?!」

天烈與狩望向黑狗，只見他停下腳步，將腰間的大刀抽出。

「我好像中了一口絲，背上黏糊糊的。再這樣下去只會讓蜘蛛順著絲線追上來，所以只能硬幹了。」決定正面對決後，黑狗倒也不介意發出聲音，語氣甚至帶著幾分玩鬧。

「絲線在哪？我什麼都沒看到啊！」

「那東西很妙，落在地上、樹上沒事，但接觸到有體溫的東西就會變透明，重點是線放得很鬆範圍又大，獵物根本沒辦法分辨位置，讓它們追起來輕鬆愉快。」

『黑狗，一起打。』說著，狩走到黑狗身邊，擺出備戰姿式。

「喂喂，是誰說只當同路的旅人就好？你們要食言嗎？脫困後我要丟下你們自己跑任務囉？迷路了在森林裡哭哭我也不理你們囉？」

『請便。』

「……因為絲線的關係我大概會有點綁手綁腳，你自己小心。」眼看沒時間繼續推拖，黑狗直接與狩坦承自己的情況，以免對方為此在戰鬥上有所失誤。

『好。』

狩在應諾的當下拉著天烈一起閃過又一發絲線攻擊，同時，黑狗已經攀在其中一棵樹上，手持大刀緊盯蜘蛛的動向。

「等一下……我看到線了！」

聽聞天烈的喊聲，黑狗訝異轉頭，只見對方額上的第三顆眼睛已經大大的撐開，正左右掃視前方的景色。

「好厲害，現在每樣東西都看得一清二楚。」

天烈一邊讚嘆，一邊拿起地上的石頭往黑狗身上的絲線扔去。

「嘖，射不到……」

『在哪？』

狩連忙從地上抓起一把小石子，順著天烈手指的方向連續將石子拋擲而出，石頭有如一發發高速射出的子彈，將黑狗身上的絲線硬生截斷。

「斷了！黑狗你放手打吧！」

聞言，黑狗揚起嘴角，大刀一揮，風壓將懸掛的蜘蛛逼得左右搖晃。

黑狗乘勝追擊，又朝蜘蛛揮了幾刀，蜘蛛只好盪回較遠處的樹幹上，用真正頭部的眼睛死盯著他。

「跑！趁現在！」

『聰明的選擇。』狩讚賞的同時，伸手將天烈抱起，朝著原先行進的方向急速衝刺。

「既然掙脫了就沒必要硬碰硬。」儘管狩的速度很快，黑狗依然緊追上來，對一臉錯愕的天烈解釋，「現在它選擇用真正的眼睛，如果你看得見腹部的臉，它的人眼現在應該都是闔上的。」

「當人臉蛛動用真眼時，表示它把你當成敵人而不是獵物，所以它不會一直追，你離開它的警戒範圍後就會罷手了。」

「……！但它正在追上來啊喂！」

天烈現在被狩掛在肩上，所以能清楚正視朝這裡狂奔而來的人臉蛛。

「咦？」

當狩與黑狗還來不及應戰，人臉蛛已將腹部的人臉對準三人，射出飽含唾液的長舌，緊緊黏上天烈的身子。

「……！」猝不及防的拉力與龐大抗力的作用下，狩狠狠的摔了一跤，在地上滑行了一段距離，天烈趁勢一把將他推開，讓自己被人臉蛛捲走。

「要是連你都被抓走就糟了——」

天烈的話音未落，就消失在狩與黑狗的視線中。

狩為方才的失守懊悔不已，他一躍而起，也顧不得身上泛著血光的傷口，直往人臉蛛移動的方向奔去。

「小哥！等等！」

黑狗一把將狩拉住，從隨身行李中掏出藥包。

「先處理傷口。帶血殺進人臉蛛的巢區是最笨的行為。你難道想在脫困後又立刻被其他蜘蛛攻擊嗎？」

『可是……』

「放心，他應該暫時不會有事。剛才我說的話並沒有錯，它會不肯放棄的追來，理由大概只有那個。」

『……？』

「先包紮，等等跟你說。」

◆◇

被滑溜的舌頭捲著跑真的不是什麼好受的事。

但天烈在隨著蜘蛛移動的同時，還是強忍不適的認路，以便之後抓住空檔原路逃跑。

方才看到橫跨大樹天空的巨網並非蜘蛛的住處，在攀過重重網絡後，他被帶到一個洞穴裡，洞裡密集的蛛網像是一張張柔軟的吊床，但在天烈眼裡，卻是危險的致命陷阱。

天烈被蜘蛛扔上其中一張小網，一段時間過去，蜘蛛又從洞穴深處刁來一個網球，擱在天烈眼前後，就頭也不回的往洞外奔去。

「……是在等我自己耗弱嗎？哼哼哼，才不會讓你得逞！」

天烈在密網上掙扎了一陣，他發現剛才染上的蜘蛛唾液雖然噁心，但也因為他全身滑膩膩，並沒有被蜘蛛網纏得動彈不得。

脫身後，他爬得離網球更近一些，厚實的絲線因為內部的溫度變得微微透明，讓天烈引約發現裡面有一個瑟縮發抖的少女。

「……！」

吃驚之餘，天烈順便將少女救下，一起落地後，他立刻將少女拖出網球。

對方受了不輕的傷，有些血塊已經凝結成紅褐色，她的衣物被撕扯得凌亂不堪，全身上下比較完整的，大概只剩臉上的眼鏡。

當她看見天烈時，先是驚叫一聲，水汪汪的大眼馬上又溢出淚珠。

「不……不要過來……你弄不死我的！」

少女一邊失神的喃喃自語，一邊撐著虛弱的軀體緩慢後退，地上因此被拉出一條駭人的血痕。

「別怕！我不會傷害妳。妳先別動，受傷了還亂動會更嚴重喔。」

「咦……？」

天烈的聲音喚回少女的理智，她的眼神稍微恢復了一點光彩，看天烈拖著步伐朝她走來。

「噁！地上有蜘蛛痰啊好難走！」

天烈一邊碎念一邊在少女身邊蹲下，現在額上的眼睛已經不自己亂動，而是隨著天烈的視線盯著眼前的少女，讓他的視覺狀況頓時從多視窗回到超清模式。

「你是……人類……？」少女迷惘的神情搭上身上血淋淋的傷，讓她看起來像恐怖片裡的女鬼。

「咳、我當然……喔，妳是看到我的新眼睛了吧？它很可愛善良的請別怕它。」

「好、好的。」

「妳的傷看起來好嚴重……讓我幫妳治療一下吧？但我治傷口是用摸的，妳不會覺得冒犯吧？」

眼前瑟縮的妙齡少女，讓天烈頓時覺得自己好像正提出什麼猥褻的要求，問完後不禁雙頰一熱，陷入尷尬。

「不會……那、麻煩了……？」

幸好少女似乎因為一番折騰也想不了太多，只是簡單的應了一句。

「呃……那我在治的時候妳順便講講到底發生了什麼事吧？順便轉移注意力。」

畢竟被陌生的男性亂摸還是很不好受吧……之前都沒想過要是傷者是女生的話該如何是好，下次得想想還有什麼方法可以使用治癒能力。

「好的，謝謝你。想請問一下……你的名字……」雖然受了不少驚嚇，但少女還是沒有忘記問救命恩人的名字。

「我叫馮天烈。妳呢？」

「我叫雛菊，剛從星芒公會的學園區畢業，這次是我跟我的同期伙伴第一次出正式任務……」

「公會……學園區？」原來是冒險團的成員嗎……！

「嗯。一般成為勇者的途徑有兩種，一個是像我們這樣從公會底下的學園區畢業，一個是直接跟公會會長挑戰並得到認可，通過其中一種，便能成為初級勇者。」

……兩眼放光啊，這孩子。已經慘兮兮了還對自家團體抱有強烈的歸屬感嗎？天烈看著她純真的神情，實在不忍心表現出自己對冒險團的制度其實沒什麼興趣。

「但是……任務達成後，我們經過這裡的山區……」雛菊說著，眼淚又簌簌流下，「我的男性伙伴全被女妖魅惑失蹤了，女妖實在太強，像我們這樣的初級勇者根本無法對付。我試著用心靈溝通，但範圍內都沒有能求助的對象，這時偏偏碰上了覓食中的人臉蛛……」

女妖？聽到關鍵詞，天烈很想繼續追究，但話到此處，雛菊已經泣不成聲，他見狀只好吞回問題拍撫安慰，順便治療她背上的傷。

「嗚……我、我們……明明是畢業班第一名的隊伍啊！為什麼會碰上這種事呢？」

「……………。」

……誰知道啊！所以世界不該對優等生殘酷就對了？什麼價值觀！

天烈一邊治療，一邊在心中默默吐嘈，但見有些傷口還沒有癒合，他只好順著雛菊有興趣的話題繼續拖時間。

「我想，只是剛好碰上學習範圍外的狀況吧？先別氣餒，多累積經驗就好。」

「可是，我對人臉蛛的習性很了解啊！冒險生物學是我很擅長的科目！」雛菊紅著眼睛，開始流暢背誦道，「人臉蛛，大部分棲息於高山陰冷處，頭部四雙真眼，腹部結構類人臉，兩主假眼，副假眼數不定，具視覺功能……」

「呃，這些剛剛我都看過了，妳用不著對著我再背一次。」

「那這個你知道嗎？人臉蛛只吃死亡後的獵物，因此，只要保持活動，就不至於有生命危險——」

「但是，人在黃泉根本很難死，生命危險不是重點！人臉蛛抓了妳，發現弄不死，只好一直玩、一直玩，看能不能把妳玩到死對吧？」

「……對。」小聲回答完之後，雛菊的眼淚依然不停滑落，但隨著傷口被治癒，她的體力顯然恢復得不錯。

見狀，天烈揚起嘴角，簡單為治療做最後的收尾。

體力在這時也所剩不多，他勉強裝出輕鬆的模樣，笑問，「我說雛菊，既然妳對人臉蛛很了解，那妳知道這巢穴的出口在哪嗎？」

「當然！你看到洞口的網絡沒有？左下角泛黃的部分其實是唾沫，不會黏人。」

「那好，妳先從那兒出去吧。我有點累了，睡一下再走。」

「這種時候耍什麼帥啊！喂！醒醒！」

「別擔心。會有人來救我……應該吧……」天烈大剌剌的癱軟在地，露出迷茫的笑容。

「說什麼傻話？我不會丟下你的！我、我背著你走！」

「呵，在說笑呢……」

眼前的少女比自己嬌小，傷口治好後，她的栗色中長髮披散在肩頭，碧色的雙眼閃著清純的光輝，雖然衣衫不整，但比剛被救下時好看多了。

「你看起來很瘦，一定沒問題的！你等著……唔。」

意識朦朧之中，天烈感覺到雛菊吃力的將他扛起，走了幾步後先是摔了一跤，然後忍住淚水再次將他拖起……

「喂喂，就說了妳自己先走啊。等一下蜘蛛回來我們兩個都會完蛋的……」

「……不！」

「我說——」

天烈才剛開口，就被一連串轟隆聲與地面震動打斷，騷動未平，一只人臉蛛的屍體已經被扔進洞穴的深處，隨即，兩抹急切的人影衝破飛揚的塵土，朝天烈等人衝來。

「嗚哇！是誰？你們想幹麻！」

雛菊的使命感圖破天際，她一臉認真的將天烈勒緊護住，壓得天烈差點缺氧昏倒。

「……咳、他們是我朋友，妳別緊張。」

「咦！是嗎？抱歉……」雛菊道歉起來倒是很老實，同一時間，狩已經來到二人的身邊，與雛菊點頭示意後直接把天烈單手提起安置在自己的臂彎中。

「阿狩……我確實癱了，但用不著這樣。等下逃跑時扶我一下就好。」現在可是有個嬌弱的女孩子在場……尊嚴啊……！

「哈哈哈，你就隨他吧！剛剛沒抓緊你他懊悔得很，再也不想放開你囉。」黑狗似乎沒聽見某人自尊碎裂的聲音，還在一旁笑呵呵的火上澆油。

看著不久前死也扛不起來的人被如此輕鬆的一手掌握，雛菊的內心不免五味雜陳，但她依然保持禮貌的笑而不語。

「姑娘，咱們先出去吧。這裡恐怕還有其他的蜘蛛在，圍上來就來不及了。」

「好、好的。」

「妳真是太幸運了！要不是我們家那隻被抓來的情況特殊，妳可能無法這麼快脫身啊！」

「情況特殊？它不是把我捉去當食物嗎？」

天烈最後還是放棄掙扎，維持被狩帶著跑的姿勢。問話的同時，他近距感受到狩輕輕顫抖了一下。

「它看你長得可愛，想帶你回家當寵物。」

「……你可以再唬爛一點。」

「好吧。這次我講真的。」黑狗說話時指了指天烈額上的眼睛，「依我判斷，它大概是把你當人臉蛛寶寶了。」

……………………幹！

「事情就是這樣，所以，請讓我一起去營救伙伴，拜託了！」

三人遠離蜘蛛的巢區後，隨意找了個地方休息。一路上，雛菊把隊上的情況又跟天烈以外的兩人說了一次，現在正誠懇的對著三人鞠躬道謝，順便提出合作的請求。

「……這下怎麼辦？」黑狗搔著腦袋，沒有隱藏困擾的情緒，「妳還是去跟公會求救比較好。當然，若我們看到他們也不可能放著不管，但讓妳跟我們同行恐怕有困難，這裡對妳來說太險惡，從妳之前遇難的狀況就能知道。」

「是啊，而且妳才剛脫困，回去公會也能休息。」天烈看雛菊又紅了眼眶，連忙柔聲安慰，「能的話我們會順便把他們救出來。況且，如果妳去通知經驗豐富的前輩相助，在我們無能為力時不是也比較保險嗎？」

「嗚……」

「回去吧！」

「姑娘，有件事想拜託妳。回去的時候順便把這兩個傢伙帶上，讓他們看看公會的情況。妳之前說妳是星芒的吧？那裏挺好的。」

「啊！黑狗你居然趁機想跟我們拆夥！」天烈急切的大喊出聲，瞪大雙眼看向漫不經心摳著耳朵的黑狗。

「我何時說咱們一夥了？我們連彼此的真名都不知道，只是恰巧同路旅行罷了。」黑狗伸伸懶腰，停頓幾秒後小聲補充，「不過，我回來後還是會去公會接你們啦。只是這段期間暫時先交給他們照顧罷了，要乖乖待著別亂跑啊。」

……黑狗你說話根本前後矛盾啊。

知道對方並不是真心想一刀兩斷後，天烈頓時放鬆了不少，此時，狩的心音也傳了過來。

『他是看你剛剛出事，心裡著急。別想太多。』

『嗯，我知道。』

回話的同時，狩自責的心情也流入天烈的心中。為了不讓對方更糾結，他並沒有出言安慰，反而將話鋒轉向一旁的黑狗。

「黑狗，剛剛真的很抱歉，讓自己深陷險境，還給你添了很多麻煩。下次我會更留意，請讓我繼續同行！」

「咳、沒有怪你的意思，別道歉啊！」

「不，我覺得我真的太不小心了。雖然知道自己麻煩但我還是想繼續跟……所以拜託了！」

「……講成這樣叫我怎麼……你是故意的對吧？你一定是故意的可惡！」

嘖嘖，不知為何特別容易抓到跟黑狗撒嬌的訣竅……望著黑狗天人交戰的模樣，天烈不禁在心中默想。

他一向覺得對別人撒嬌有點噁心，但如果對象是黑狗的話，似乎就莫名覺得還好……？

「那個，不好意思……」見天烈等人已經討論到一個段落，雛菊趕緊抓住空隙插話。

「啊，抱歉！所以妳知道回去的路嗎？」

「不，我還是決定要去救我的同伴。你們可以無視我沒關係，但我們走還是得走同一條路。」

「開什麼玩笑！怎麼每個人都跟我玩這招？」黑狗顏面抽搐。

「您誤會了，這並非玩笑，我會盡量與二位形同外人，除了他。」雛菊一臉正氣，伸手指向天烈後，用甜美的聲音宣布，「他是我的救命恩人，為了報答恩情，我會在同行的時候守護他的。」

「不！不需要！別忘了妳剛剛拖著我的時候連行動都有困難啊！還是顧好妳自己比較重要。乖啦，快回去！」

「我的專長不是體術，體力差一點是當然的。」雛菊義正詞嚴的說，「我擅長畫符咒，符學老師曾誇我在這方面有天賦。而且我畢業考還創了高分紀錄喔！所以一定沒問題的！」

「……那可以解釋一下妳為何還是被蜘蛛抓了嗎？」

「哎唷，符紙用完了嘛。」雛菊一臉委屈，但隨即打起精神說，「不過沒關係！必要時也許可以在其他東西上畫符，雖然沒真正試過，但只要畫得正確，應該不會差太多吧？」

「……。」望著雛菊自信閃耀的模樣，天烈真的有種把她打暈帶下山的衝動。

「咦？剛剛的聲音……小雛？是妳嗎？」

溫和的話音伴隨穿越林木的沙沙聲傳入天烈等人的耳中，轉身一看，一名身穿輕裝、背著弓箭的金髮青年踩著蹣跚的步伐映入眼簾。

「艾倫哥！」瞧見人影的剎那，雛菊綻開笑顏，驚喜的叫喚出聲。

「太好了！還好妳沒事。大家都很擔心妳呢……」

「大家都在嗎？我還以為……」

「姑娘，等等！」

黑狗一把將正想上前的雛菊拉住，此時，天烈與狩也擺出備戰姿勢，警戒的盯著面前被喚為艾倫的青年。

「這傢伙的眼神——」

「呀——！」雛菊驚慌的尖叫聲將未說完的話打斷，而她尖叫的原因，正是突然從艾倫體內冒出的陣陣黑氣。

黑氣全數噴發後，艾倫隨之倒下，黑狗立刻拉著嚇到呆滯的雛菊跑到艾倫倒臥處，近距檢查對方的情況。

「還好只是雜屑，真正的羅魍沒附上去。」

「啊、啊啊……艾倫哥，艾倫哥……」

「冷靜點，他姑且算是撿回一命，但需要好好調養。現在妳得顧著他，因為——」

「黑狗！」

天烈發出警告的同時，林裡的溫度瞬間下降，瘴癘之氣從四面八方湧出，原先翠綠的森林頓時陷入混濁寒冷的迷霧當中。

「嘖，女妖果然就在附近。」

「火……火炎咒！」雛菊顫抖的聲音穿出濃霧，受到符力控制的火焰化成球狀飄在空中。

火光將霧茫茫的環境照得較為清晰，讓其他人勉強看見雛菊手上沾著泥的樹枝與不知哪來的空白符紙。

「幹得不錯，想不到妳挺機靈的嘛。」

「艾倫哥替我隨身帶著的備用符紙……現在只剩這幾張了。」雛菊含著淚，一邊掏出艾倫衣袋裡剩餘的空白符紙，一邊將他護得更緊，「之後得小心使用才行。」

「那就用在妳或他身上吧。你們都自顧不暇了，用不著顧慮我們三個。」

「可是……」

「雛菊！能聽見我吧？那顆火球能扔出去嗎？」聽見天烈的聲音，黑狗與雛菊停止對話，一齊望向天上的火球。

「應該可以，但要的話還得……」

「不必了。我來。」黑狗輕拍雛菊纖弱的肩，回頭對天烈吼道，「往哪？」

「正前方，直直過去就行。但女妖離我們有段距離，得用點力！」

「知道了。姑娘，把身子壓低。」

黑狗拔刀朝天上的火球憑空揮斬了幾下，刀壓造成的勁風將火球快速往前推展，所經之處的濃霧全被燒得褪去，漸漸清澈的空氣顯露遠方的情景，最後，只見火球墜落的點上，飄出一縷黑氣。

「如何？」

「被閃過了只擦到邊，但還是有造成損傷。」天烈緊盯前方速報。

「唉，意料之中。但有總比沒有……哇靠這什麼姿勢?!」

看著前來會合的天烈與狩，黑狗傻眼到頓時忘了他們現在還深陷危機。

「啊？能見度太低距離又遠，不這樣的話，就連我也……嗚喔，過來了！大家小心！」

天烈現在正跨坐在狩的肩頭，用三隻眼睛專注緊盯方才拋擲火球的路徑。

「在哪？」

「剛剛躲進樹叢裡……等一下，折回來了！好快！從正面——」

「防護咒！」

雛菊不管三七二十一，又用上兩張符紙做出足以將全員包覆的防護罩，女妖在高速衝撞後彈開，同時讓防護層出現漣漪般的擾動。

擾動靜止後，大夥兒終於看清了女妖的模樣。她並沒有像之前遇到的怪物一樣巨大化，還是維持著一般人類的體型，不過，她頂著一頭白得發亮的及膝長髮，浮出血管的碳黑皮膚襯著黃色雙瞳，還是讓她看起來不成人形。

「怎麼辦……防護恐怕撐不了太久。」雛菊握著僅剩的兩張符紙，臉色蒼白的望著外頭的女妖，眼淚又不爭氣的掉了下來。

「還可以撐多久？」

「大概兩、三分鐘……」

「嗯，很夠了。」黑狗輕笑一聲，將持刀的手掌劃破，讓鮮血持續的貫注於刀身中。

「你等會兒就待在姑娘身邊照應。女妖由我跟小哥對付。」當防護罩開始化成微弱的光點，黑狗轉向天烈出言囑咐。

「好。需要我的話用心靈溝通，受傷太重就別硬撐。」

天烈說話時眼神不自覺飄向將他安置在地的狩。

黑狗等人還來不及回話，女妖就注意到防護罩的削弱，再次暴衝而上。在她起步的瞬間，狩也用他靈敏的直覺做出反應，幾乎與對方同時衝出，徒手將她擋格而止。

「……不……不是你。」

「……？」

含糊的呢喃讓狩停滯了一瞬，女妖立即趁隙把長指甲刺入狩的手臂中，同時發出淒厲的慘叫，哭吼聲彷彿誰在她的創口上灑上細鹽，讓人光聽就心痛不已。

黑狗踩著樹幹從女妖的後上方俯衝而下，在刀鋒劃破女妖手臂的剎那，濃稠的黑霧堵住血液噴發而出，猶如強大的保護機制，將黑狗一路推到數尺之外。

雖然對女妖的重擊沒有成功，但也如願引開了女妖的注意力，她在迎擊的那一刻收起了長指甲，朝黑狗露出一個詭譎的笑容。

「呵、呵呵呵呵。找到了……終於……」

「什——」

「這次……不會讓你離開了……再也不……」

女妖話音的頻率越發尖銳，最後幾乎這尖叫著朝黑狗撲去，黑色觸手一條條從女妖發黑的軀體中猖狂的鑽出，緊緊纏上黑狗的四肢與軀幹。

『黑狗……！』

「不要過來！」

黑狗的聲音淹沒在觸手蠕動與黑氣蒸發的潮濕聲響中，狩在意識到女妖轉移目標的瞬間也邁步朝黑狗奔去，然而，手上被女妖刺出的傷口，此刻卻冒出細密的黑絲緊緊纏住他的軀幹，讓他一時被牽制了行動。

急轉直下的戰況讓天烈忍不住起身，正打算投入戰局時，狩與黑狗的心音同時傳給在場所有人，要大家別衝動。

「可惡！什麼忙都幫不上，我怎麼這麼沒用？」

「不要這麼想，兩位哥哥做的是正確的判斷。無論戰況多慘烈，就算伙伴被纏上了，也絕不要輕易讓自己接近罹魍，所有的老師與書本都是這樣教的。」

「就算是這樣，難道要我見死不救嗎？」

「我可沒這麼說。」面對天烈激動的神情，雛菊倒是意外冷靜，「這種情形在模擬考已經演練過無數次了，從遠方丟擲驅邪咒也是有效方法之一。但以現在的情況，最後的兩張都必須用在……」

「小的給我，大的就拜託妳了。有狀況就用心靈溝通。」天烈會意後等不及雛菊說完，囑咐的同時瞥見方才黑狗在地上遺留的殘血，心中一個激靈，轉頭對雛菊說，「寫符的時候記得把泥跟地上的血和一和，那血可以驅邪，也許能讓符咒增幅。」

「等等！你要去哪？」看著天烈起步上前，雛菊驚叫出聲。

「不會硬碰硬的，放心！」

「不是說不要……討厭，一群亂來的傢伙……」

見情況越發危急，天烈毫不猶豫的衝了出去，雛菊無力勸阻，只好抿唇拾起身邊的樹枝，蘸著帶血的泥專注畫下符咒。

天烈與雛菊急欲營救的當下，狩與黑狗也沒有放棄抵抗，然而，自黑狗發出心音後，他所在之處就被濃郁的黑霧及觸手遮蔽，連女妖也為之淹沒。

狩在那之後嘗試呼喚黑狗好幾次，但都沒得到回音，雖然掛心黑狗的狀況，但纏繞在身上的黑絲不只妨礙他行動，還干擾了他的感官，使他無法在短時間內掙脫束縛前去救援。

而且眼下更需要解決的，是被纏後每況愈下的身心狀況，雖然平時對負面情緒沒什麼反應，但此刻如枷鎖纏身、五感消弱的感覺，竟激起他心中來源不明的既視感。

曾經，他好像也有過類似的經歷——

「這……天理不容啊！大人明明立下這麼多戰功！」

「是想殺雞儆猴吧？如果用一條命可以換取國家和平，就算是陛下的愛將，恐怕也難逃一死了。」

如同私語般的人聲在狩的腦內回盪，這些對話是如此真實，讓他不自覺往意外獲得的記憶片段中越陷越深……

「對不起，狩。他們提出了這樣的條件，所以，為了國家、為了百姓，我只能將你……」

無比熟悉的聲音再度在狩的心中響起，用滿溢情感的語調呼喚著他的名字。

到底是誰？明明是在宣告他的死訊，他卻能出於默契的肯定，對方微微顫抖的聲音一定是在強忍悲傷。

他依然沒有想起對方的身分，也無法憶起完整的事件，只能從片段的話語中，猜想自己生前大概死於殉國。

但他的心情卻受到感染，彷彿那哀慟的身影就站在自己面前，流著心碎的淚……

『如果這是眾人的希望，那麼，我願意不做任何反抗，迎接自己的死亡。』狩獨自回應那抹無形的身影，心中輕輕道出他似乎曾經說過的話語，『能活到現在，對我來說已是萬分幸福的事。我本是一個早該逝去的生命，所以——』

「阿狩——！」

從遠處傳來的呼喊，彷彿穿破灰黑迷霧的亮光，讓狩頓時回歸現實。

『混帳！才一下子沒顧你又在那邊……』天烈的心音聽起來氣炸了，他並沒有與狩共享記憶片段，但對方心中赴死的想望，卻無意間透過共感傳給了他。

『看你被纏了就饒你這一次！下次你再亂想，我就、就……嘖，好像也不能怎樣。』

『天烈？你怎麼……別過來，這裡很危險。』

『別你個大頭鬼！剛剛不是都想去死了？我看你也沒堅強到哪去啦！』

『你誤會了，那是……抱歉，我不會再迷失了。』狩放棄解釋，將力氣集中在成為黑絲源頭的手臂上，『現在，立刻……』

臂膀的筋肉因極度用力而緊繃，他雙手握拳，艱難的將纏繞自己的黑絲向外推展，然而，黑絲並沒有因此舒張，反而越綁越緊，幾乎陷入他的皮肉。

『喂！別幹傻事啊！』看著狩與黑絲拉鋸的畫面，天烈只覺怵目驚心，他連忙奔倒狩的身旁，纖細的手指直接瞄準噴出黑絲的細長傷口。

「等等可能會很痛，忍耐一下。」天烈咬牙，將手指探入傷口中，觸碰到類似線頭的物體後用力一擰，將它一口氣扯了出來。

隨著絲線被拔出，狩的傷口不斷溢散煙霧，天烈被氣體嗆得不斷咳嗽，接觸黑氣的皮膚也感到刺痛不已，但他還是持續找出剩餘的線頭，將它們一個個連根拔起。

一番折騰後，狩終於空出了一隻手，他先是把天烈輕輕推開，確定對方距離安全後，十分威猛的將剩下的線頭一併扯掉，黑氣同時噴發，頃刻間已無法看見他的身影。

而當狩從黑霧中翻出，來到天烈身邊時，身上除了女妖指甲的穿刺傷外，還布滿黑線纏繞後的瘀傷與擦傷。

一旁的天烈也十分狼狽，狩傷口上的血肉與自己指間被黑絲割傷的口子糊成一片，此外，他還被嗆得涕淚俱下，喉頭緊縮，短時間內無法發出乾咳以外的聲音。

『天烈，還好嗎？你——』

『哇啊啊啊！前面小心！』

雛菊驚慌的心音打斷狩與天烈的思緒，兩人一轉頭，便看見朝自己襲來的飛箭殘影，幸虧狩及時把箭捏住，才免於其中一人傷上加傷的慘劇。

瞥過上頭繫的符咒後，狩俐落將箭擲到黑狗的所在，起初，它迅速隱沒在彼方的濃黑中，但轉瞬間，原先的一片漆黑連續炸出數道亮白色的激光，從內部傳出的嘶嘶聲更是不絕於耳。

『是雛菊。我們快回去找她。』

『單靠臂力果然穿透力不夠，剛剛看起來只射進皮毛而已。』

『但看起來挺有效的。還有一張，一時半刻大概是不會再射過來了。得去幫她，我們動作快。』

『嗯。能跑了嗎？』狩才伸出手，就反被天烈拉著往回衝。

『你現在的狀況比我還糟吧？別逞強了，一起跑。』

天烈還是無法發出聲音，只好輕咳幾聲，露出無奈的笑容。

兩人盡速奔回雛菊的所在，後者在看見他們的身影後，露出救星降臨的表情。

「嗚嗚抱歉，剛剛一射出去就偏了，你們有沒有怎樣？」

『……沒有。』天烈乾咳著拋出心音，雛菊眉頭一皺，連忙從艾倫身上掏出裝水的皮囊遞上。

「怎麼咳成這樣？先喝點水吧。吶，你們之中有人會射箭嗎？」雛菊指著地上的弓與綁著符咒的箭，眼中泛著期待的光芒。「我的射術最差了，就算每次艾倫哥都幫我，考試還是只能勉強過關。」

「咳、別看我，我大概射得比妳還糟。」天烈嘆了口氣，將水囊歸還後轉而問狩，「你會嗎？」

狩遲疑了一下，最後搖了搖頭，天烈與雛菊頓時垮下臉來。

現在看起來最像弓箭手的傢伙根本昏死在地不能用啊！叫雛菊再射的風險太高，難不成真的要狩再扔一次？

想到這裡，天烈糾結的瞅了狩幾眼，對方剛剛似乎因為被自己拉著跑，傷口已經從手部開始癒合。

『雖然到黃泉之後沒碰過弓箭，也沒找回相關的記憶，但我覺得值得一試。』狩沉穩的心音傳了過來，他上前彎腰輕撫躺在地上的弓與箭，隨後將兩者拿起，觸碰的瞬間，掌握弓箭的雙手如同觸電般微微一顫，他心念一動，便自然擺出拉弓的姿勢。

『……能行，射得中。』狩的心音透出淡淡的欣喜，直覺告訴他，射箭似乎曾經是他十分擅長的技藝，『天烈，能看清吧？我需要你幫我瞄準。』

「好、等等……再往右一點……停停停！這裡好！」

箭尖正對女妖若隱若現的身影，天烈話音未落，狩便將箭射出，雛菊則是呆愣一旁，看著某個否定自己射術的傢伙精湛的完成射箭過程。

『如何？』

「唔喔喔喔喔！正中紅心！你根本超會射的好嗎？」

「……有誰能解釋一下剛剛的情況？」

「總之某人突然開竅啦！」望著光線劃破黑霧的景象，天烈高興得拉起雛菊的嫩手，激賞道，「符咒很夠力啊，多虧妳了。」

「謝、謝謝，沒想到大哥的血威力這麼強。」黑霧褪去的速度，連雛菊自己看了都目瞪口呆。

在狩與雛菊能看清彼方的情況前，天烈已搶先從破碎的迷霧中遠望黑狗的身影，他雖然有些狼狽的坐臥在地，但意識看起來依然清晰，凝視女妖的雙眼無比震驚，之前堅定的戰意似乎受到了動搖。

『黑——』

見黑狗神色有異，天烈原想用心靈溝通，但在遠遠讀到對方的口型後連忙打住。

……媽？

口型搭上黑狗凝視的對象，讓天烈不由得呆住半晌，心中浮現的想法連他自己都覺得荒謬。黑狗恢復記憶了？

那只女妖，難道是他生前的母親？

◈ 拾貳章　血親

黑狗的視線停留在女妖身上，久久無法移開。

不久前，正當他被幾條觸手鑽入體內，以為自己快完蛋的時候，先後兩箭帶著強大的符力而來，炸出的激光將他體內的觸手與週遭黑霧抹去。

而在光線穿過軀體的剎那，黑狗只覺自己現在生存的世界被徹底顛覆。

生前的記憶一股腦兒回到腦中，太多、太繁雜，讓他一時陷入呆滯，這時，第一個進入視線的，便是神情淒迷的女妖。

她乾枯的手臂上插著箭，受到符咒的影響，漆黑的皮膚已褪為片片黑斑。她深深凝望著黑狗，鮮黃的眼中流出兩行血淚。

儘管面目全非，那抑鬱而溫柔的神情，還是與生前記憶中的那個人如出一轍。

「……媽？」

黑狗緊盯眼前流淚的女妖，胸中有如重槌連擊。

「清馳……」女妖開口，喚出他的真名，看見他的震驚的臉孔後，眼裡盡是心痛與愛憐，「清馳，對不起……我又把你錯認成他，明知道你最討厭這樣……」

「媽……為什麼？」

為什麼墮為罹魍的宿主？難道就算來到黃泉，妳還是……

「來到這裡後，那個人的樣貌並沒有從我的記憶中消失，我甚至還記得自己一直在等他……」女妖悽悽一笑，歪曲了流在頰邊的血淚，「我一直等、一直等，但什麼也沒等到。直到有一天，我突然意識到，自己生前也是一樣，還沒等到他就……」

「他從沒回來過！但妳沒有忘記過他，甚至不斷從我身上搜尋他的影子，支撐自己繼續等下去。媽！放過自己吧。他不會回來了。」

黑狗憤而打斷母親的話。已經規勸無數次的話語，在此時此地重提，顯得格外淒涼。

「我知道……我其實一直都……」女妖的話音顫抖的咳出一口黑漿，「到最後，陪在我身邊的只有你……清馳，我一直在欺騙自己。每當我看見你，就會不經意想起他，告訴自己他沒有真正離開……」

「那些都不重要了。現在……我還能為妳做什麼？」黑狗艱難的擠出問句，提起地上的大刀。

「什麼也不必做。你做得夠多了。」女妖緩緩走近，輕柔的將黑狗擁入懷中，「對不起，清馳，我一生執著於等他，卻沒發現你也在等我。」

「媽。」黑狗眼眶一熱，語氣有些哽咽，「妳終於……看見我了？」

「嗯。重生後能再次遇見你，真是太好了。」女妖輕聲呢喃，溫柔的語氣豁然開朗，「這次我會好好珍惜你的。連同生前的份。」

匡噹……！

黑狗再也握不住手上的大刀，任它落地發出聲響。
他從濕潤的眼角瞥見女妖頸上的黑斑正漸漸往內消退，恢復原先蒼白的膚色。
『黑狗，你這是在做什麼？』
狩的心音率先傳來，捕捉到遠方奔來的人影，黑狗趕緊用心靈溝通回應。
『好像已經沒事了。不知道為何，羅魈似乎離開了。』
『什麼意思？』
『宿主現在很清醒，精神陰影好像也沒那麼巨大了。而且她身上的黑斑消得差不多——』
「唔……！」
傳送中的思緒被女妖突如其來的呻吟打斷，在他做出反應以前，對方已將他一把推開，張大的口中掉出一團濃稠的黑色物體。
黑色物體霎時射出數不清的細長觸手，將女妖羸弱的軀體層層包覆。
「……媽！」
突如其來的轉折讓黑狗反應不及，原先附身於女妖體內的羅魈，就這麼將人吞噬，化為漆黑的人形。
眼看羅魈的形體逐漸穩定，黑狗警戒的拾起大刀，卻發現自己的手還在顫抖。
另一方面，天烈與狩留雛菊在原地照顧艾倫，趕緊朝黑狗奔去。
從遠方看見黑狗的行為，天烈幾乎確定自己並沒有會錯意，但他沒有將這件事跟狩明說，只是一臉凝重的快步向前。

當二人臨近戰場之時，黑狗手上的大刀正巧被羅魍射出的觸手擊落，趕在它觸及黑狗之前，狩立刻一個空翻來到人形羅魍的身後，舉足往它的頸部削去。

狠戾的踢擊造成羅魍的頸部破開，但狩才收腳落地，它便用方才伸出的觸手將斷處補回。

天烈抓住空檔繞到黑狗身邊，這時，方才對狩施予治癒的疲憊感毫不留情的席捲而上，但他還是勉強維持意識，讓自己至少能挺身蹲著。

「黑狗。」

天烈輕聲呼喚，拍了對方幾下後握住他的右手，把能看見的傷都治過一遍。

「……?!」原先盯著狩與羅魍激戰的黑狗轉頭望向天烈，動作大得讓天烈嚇了一大跳。

同時，一股強烈的震驚也在天烈胸中炸開，他曉得這次的共感是來自黑狗，卻因為情緒太過混亂而摸不清理由。

也許是因為打擊太大吧？天烈只能快速結論，深吸一口氣後，正色問，「還有救嗎？」

「現在的羅魍就是羅魍，宿主已經從黃泉徹底……」

「消失了嗎？」察覺到黑狗語氣的停頓，天烈輕聲替他道出殘酷的事實。

「你這次就先休息吧。」

天烈的目光轉移到與羅魍纏鬥的狩身上，用略帶沙啞的嗓音勸道。

隨後，他倏地起身，卻因為體力不支而單膝跪地。

「咳……抱歉，腳滑了一下。」

天烈故作鎮定的笑了笑，打算再度撐起時，就被黑狗溫厚的手掌壓了下去。

「傻孩子，我怎麼可能讓你在這種狀態下涉險……不，早知如此，我根本連任務體驗都不會答應你。」

「……？」

「剩下的交給我吧。你在這兒等著。」

「不！不能讓你出手！」天烈慌張的拉住黑狗持刀的大手，後者緩緩轉身，用空手輕輕捏了他的鼻頭一下。

「說什麼傻話？這次我非出手不可！」

黑狗笑著鬆開天烈的抓握，邁出的步伐毫不遲疑。

「你就是讓我出手的理由。」

……咦？

天烈逐漸失焦的雙眼隱約捕捉到黑狗回眸看他的神情，不知為何，他忽然覺得黑狗此刻的眼神，包含的情感比平時深沉好多好多……

◆◇

……這是哪裡？

天烈睜眼的瞬間，光線將他刺得兩眼昏花，不久後，映入眼簾的畫面逐漸清晰。

完全陌生的景觀，讓他意識到自己似乎已經失去意識了好一陣子。

房間的裝潢整體偏向西式，亮亮被種在類似大型吊燈的容器中，嵌在貼著淡雅壁紙的挑高天花板上。

現在他躺在一張柔軟的床上，額頭的眼睛已在他不知道的時候潛回體內，而他身上的傷也被妥貼包紮完畢，繃帶內的隱隱作痛顯示傷口並未好全。

「你終於醒了！」柔和的男音吸引了天烈的注意力，他朝聲源看去，與端著拖盤的金髮青年四目相交。

誰啊好眼熟……啊，是那時候的！

「你好，還沒跟你正式自我介紹。我叫艾倫・夏普，是雛菊的隊友。這裡我跟雛菊所屬的玄鳥城星芒公會的宿舍，很安全的請你放心。」艾倫露出朝陽一般的燦爛微笑，將拖盤輕放到天烈床邊的小桌子上。

「幸、幸會……我叫馮天烈。」

「我知道喔，小雛有跟我說。謝謝你當時在蜘蛛窩裡救了她，女妖的事也要謝謝你。」

「哪裡，你跟其他人之後都還好嗎？」

「被救出來的隔天都恢復意識了。你反而比我們嚴重，睡了三天，傷也沒好全，你朋友看起來緊張得要命。」艾倫收起笑容，神情流露出擔憂。

「先別聊天了，桌上的東西你都吃下去吧！調味比較粗糙的話請見諒，因為我剛剛沒料到你會醒，這些原本是要自己吃的。」

「謝謝……」

天烈迷迷糊糊的看向拖盤中乳白的濃湯及烤得金黃的厚片，雖然沒有肚子餓的感覺，但飄香的食物還是能多少激起食慾。

「快，趁熱吃吧！我去弄點喝的，喝茶可以嗎？」

「還有喝的啊……？」

「這樣傷才好得快啊！你趕緊吃，我去去就回。」

「麻煩了。」

望著艾倫快步離去的同時，天烈略帶遲緩的舀起濃湯放入口中，湯頭溫潤而帶著奶香，十分順口。

「嗯？怎麼才吃這麼一點？食物不合你胃口嗎？」

艾倫歸來的速度比天烈預期中快了許多，他放下手中的熱茶，困惑的神情全寫在臉上。

「不，湯很好喝。是我剛起床動作遲緩。」

「喜歡就好……不過那就表示你真的還很虛弱，我本來預期你會在這段時間內把湯喝完的。」

「……一般人也沒這麼快吧？」

「咦？是嗎？可是我隊友每次都能在我轉身拿盤子的期間把整鍋湯掃空呢！」艾倫的表情看

起來完全不像在開玩笑。

……突然開始好奇你的隊友到底是何方神聖？那些隊友中包含雛菊嗎？天烈默想的同時，繼續艱難的喝著手邊的濃湯。

「需要我餵你嗎？」

「咳、不用啦沒這麼嚴重。比起這個……其他人現在都去哪了？」

「小雛這次立了功，得到升級考的資格，所以最近天天都忙著特訓。不過她等一下就會來看你了。」艾倫友善答道，「而你朋友剛好出門了。要不是今天是結案的日子，他們恐怕一步也不肯離開這裡吧！」

「嗯？這麼緊張嗎？兩個都是？」

「是啊，都魂不守舍的。怎麼這樣問？」

「不，沒什麼。」

狩會擔心過度也許在意料之中，但怎麼連黑狗都跟著窮緊張？天烈甩了甩腦袋，決定不再胡思亂想，他放下手邊還剩半碗的湯，小心的捧起桌上的厚片盤。

「你真的沒問題嗎？」

「嗯啊，湯只是先放著，等一下會喝完的。」

「……好喔。」

望著天烈連將厚片撕成小塊入口都相當吃力的模樣，艾倫旺盛的助人慾再度受到刺激。但之前被拒絕的經驗，讓他決定換一種問法……

「天烈，我有榮幸餵你吃飯嗎？」

「咳、咳咳咳咳……」

什麼啦！這問法……拒絕了感覺很跩，但完全不想答應啊！

艾倫誠摯的眼神讓他陷入一陣尷尬，正不知該怎麼辦的時候，細細的敲門聲頓時成了救星。

「艾倫哥我進來囉……唔哇！烈烈你醒了！」

「雛菊！來得正好！快告訴妳家艾倫哥我不需要人餵啊！」

天烈已經懶得管那奇妙暱稱，一心只求她能趕快斷了自家隊友的奇怪念頭。

「唉，艾倫哥果然又把病人當小寶寶照顧了。」

「可是他看起來真的很需要……」

「別費力了，烈烈臉皮很薄的，他連在蜘蛛洞裡快暈倒的時候都要在我面前耍帥呢！」

「原來我在妳眼裡是這種人嗎……？」

「呵，但那時候還是有一點點帥啦。」雛菊綻開頑皮的笑，轉頭對艾倫說，「總之艾倫哥你別擔心，如果烈烈真的體虛到沒辦法吃東西的話，等兩位哥哥回來一定有辦法讓他嚥下去的！」

「喂，等等別在他們面前亂講話……」

天烈話才出口，就聽見門被推開的聲音。

「醒了啊……謝天謝地！」黑狗一臉如釋重負，露出幾天來的第一個笑容。

「黑狗，阿狩。」
看熟悉的身影朝自己走來，天烈的竟覺有些感動。
「嘖，傷還是沒好嗎……起來後有吃東西吧？」
「艾倫剛剛把他的午餐給我吃了，你看。」
「這麼少？」
「會把它吃完的。現在只是休息一下……」
「不，你根本吃不下。吃得完的話你早就一次解決了！」
「欸？原來是吃不下嗎？」聞言，艾倫接過天烈手中的盤子，一臉抱歉的說，「下次直接跟我說吧！不舒服的話就別勉強了。」
「烈烈你……能不能不要一直自虐啊？」
「抱歉。但我是真的想吃完它，一來是真的很好吃，二來是我不喜歡把食物剩下。」天烈陪笑解釋，同時覺得事有蹊蹺。
他吃東西確實習慣一次解決，放下手邊的食物通常是因為急事，不然就是真的吃不下。
但黑狗為什麼會知道這些……？從認識到現在根本沒跟他提過這個習慣啊！
注意到天烈疑惑的神情，黑狗幾不可聞的嘆了口氣，隨後問道，「各位，能讓我跟這小子獨處一下嗎？有重要的事必須跟他說。」
「沒問題。那我順便收一下餐具。茶都沒喝呢，先留著嗎？」

「幫我留著吧，麻煩了。」

艾倫起身收拾餐具，雛菊也應了一聲，趕緊挨到他身邊幫忙。

「小哥，抱歉啦，我知道你應該也有不少話……」

『沒關係。』從剛才開始一直宛若空氣的狩，此刻也只是輕應一聲，直直往門外走去。

「小哥等等！之後能不能跟你請教格鬥技？經過上次的事，我也想讓自己變得更強一些。」

雛菊收完碗盤，趕緊拉著艾倫來到狩的身邊甜聲討教。

狩緩緩點頭，順便悄悄把兩人手上的杯盤轉移到自己手上。

「哇、盤子……好厲害！怎麼辦到的？」

「啊，那樣很重的……」

隨著其他人聲逐漸遠去，房裡只剩天烈與黑狗，各懷心事的凝視著對方。

「喝點茶吧。」黑狗熟練的將泡好的茶水倒入杯中，拿到天烈眼前時輕聲說，「雖然剛剛泡得有點久，對你來說大概太濃。」

「……黑狗？」

「再確認一次，你在找的人叫馮子偕，對吧？」

天烈越發疑惑的神情似乎已在黑狗的意料之中，他也為自己倒了杯茶，邊喝邊來到床緣坐下。

「是啊，怎麼突然……啊。」天烈眼睛一亮，頓時把疑惑拋諸腦後，「原來你是要跟我說阿公的消息嗎？」

「呃……算是吧。對，是這樣沒錯。」黑狗的眼神游移了一下，叩的放下茶杯，「首先，馮子偕是他第二個名字，但來到黃泉後，他只記得第一個名字，難怪當初怎麼也找不到人。」

「欸？怎麼會……」

「馮子偕是他在犯了某個大錯後改的名。一部分是為了家人改的，但絕大部分是為了懲罰自己而放棄了原本的名字。」

「我完全不知道名字的事……犯了大錯？難道是指那件事？」天烈扭著臉思索道，「是阿公跟你說的嗎？所以他果然也是穿越者？」

從之前的夢境看來，阿公顯然在真正到黃泉前就對這個世界略知一二，雖然不知道穿越者成因為何，但總覺得這樣的人來到黃泉後成為穿越者的機率很高。

「咳……之前不是，但現在算是了。」黑狗露出微妙的笑，「不提這些了。你還記得小時候他教你唸過的咒語嗎？說是必要的時候唸出來，他就會趕到你身邊。」

「噗，他連這個也跟你說啦？」想起往事，天烈忍不住揚起嘴角，「那一串有夠難記的，而且長大認了字之後，才知道那東西根本寫不出來！」

「雖然在阿公的瘋狂洗腦下我還是把音都記起來了，不過因為覺得被他耍著玩很不甘心，所以從來沒真的唸過。」

「你就是這個死樣子，唸個一兩次讓你阿公發威一下是會死嗎？」

「才不要。這種事想也知道是騙小孩的吧？」

「不信你現在唸唸看，要認真唸才有效。應該沒忘吧？」

「啊？怎麼突然……我想想……」天烈回憶了一下，隨後道出一連串發音奇特的咒字。

唸咒同時，天烈的右手浮出一道微微發光的印記，隨著咒語進行越來越亮。

黑狗看著唸咒中的天烈，無聲抬起慣用手，一道與天烈一模一樣的咒印，在唸完最後一個字的剎那自手背緩緩浮出，發出柔和的光芒。

「報應啊報應……平常太愛跟你開玩笑，難怪你分不清真假。」黑狗似笑非笑，對瞪大雙眼的天烈輕聲道，「烈仔，我臨走前是想告訴你，只要唸完這段咒語，我就能收到通知趕到你身邊。明明當初約好了還叫你不可以忘記，沒想到反而是我把生前的事給忘了。」

「阿公……？」

天烈愣愣的脫口而出，看著身旁面露疼愛的黑狗，雖然驚訝，卻沒有非常意外。

也許是隱約中有所察覺，只是下意識一直沒有戳破而已。

「你是什麼時候……啊。難怪你那時候會……」

「是啊，不知為何，被扔驅邪咒後記憶就恢復了。」

聽完黑狗的話，天烈若有所思的點頭，抬眼與黑狗對望了許久。

「原來你年輕的時候長這樣嗎？我沒看過你以前的照片，難怪認不出你來！」

「你……這麼快就接受了？」

「嗯啊。仔細想想，雖然有些地方不太一樣，但和你在一起時，確實跟和阿公相處時挺像的。」天烈不禁感嘆，「好神奇喔，原本還有點差距，但自從你想起生前的事後，看我的眼神就跟阿公一模一樣了，語氣也是。」

「什麼一模一樣，我就是你阿公啦！」黑狗沒好氣的送出兩枚白眼。

「知道知道，我不是立刻就相信了嗎？」天烈深深凝視著與記憶中面容迥異的阿公，突然有感而發，「……或許什麼都不要想起來比較好。」

「阿呆，這樣不就連你一起忘了嗎？」

黑狗在天烈頭上一陣亂搓亂揉，後者沉吟了幾聲，一邊順毛一邊回嘴，「可是你之前看起來比較快樂啊！在你還是只是黑狗的時候！」

「……。」黑狗沉默了一陣，搓揉天烈腦袋的力道轉為輕柔，「我還是慶幸自己現在就想起來了。再怎麼樣我都不想忘記你們，而且有些事一定要跟你說。」

「……？」

「你會來到黃泉絕對不是偶然。」黑狗的神情轉為肅穆，沉聲說，「在你出生後不久，你媽就告訴過我，你的天賦將會招來危險，總有一天，也許會有人為了奪取它，提早將你從人間帶走。當初你媽動了點手腳，讓我死後一定會來到黃泉，她礙於身分無法在黃泉久待，如果你真的被抓過來，至少有我照應。」

「天賦？」

「就是指你的治癒能力。」黑狗捧起天烈纏著繃帶的手，看著又是一陣心疼，「雖說是天賦，但我反而覺得像是詛咒。妳媽沒有說得很清楚，只告訴我你繼承的東西已經超越一般生的潛質，而你也因此必須承受副作用。即時的耗弱只是其中之一，更糟的是，你自己在生病受傷時也特別難好。」

「你應該有察覺吧？從小到大你的身體一直都不太好。因為這個天賦如果濫用，將會造成世間力量的失衡，所以，世界的防衛機制就是削弱擁有者本身。這是不管穿越到哪個世界都會發生的事情，因此無論在人間還是黃泉，你都無法避免體弱的命運。」

「……所以我常頭痛也是因為這個？」

「應該不是。你會頭痛大概是因為那顆眼睛。你媽當年為了保護你，把你一些奇奇怪怪的能力全封了起來，其中應該也包含眼睛。可惜，就算我已經恢復記憶，還是不知道那顆眼睛的來歷，只能猜是眼睛想突破封印而造成你的頭疼。」

「噢，那就先暫時不談沒關係，我覺得我的眼睛不會害我。」

「但願如此。」黑狗眉頭深鎖，語氣凝重的作結，「總之烈仔，你是被綁架來的。黃泉裡一定有人覬覦你的能力，而且是相當厲害的人物。」

黑狗的話讓天烈的心口縮了一下，他蹙眉搓著自己微微刺痛的手指，暫時陷入無語。

「抱歉，我知道的大概就這些。你媽並沒有告訴我太多細節，大概是不想讓我牽扯太深……她跟你一樣，是個讓人掛心的孩子。」黑狗看著手背剛剛浮出咒印的地方，懷念的說，「這個咒語也是她教給我的，我生前之所以會跟這塊有所接觸，也是因為遇見她。」

「媽媽……是吧？」

幼年的記憶片段閃過天烈的思緒，但他的腦中彷彿被蒙上薄紗，連媽媽的面容都記不太清楚。

「啊，還有最後，也是最重要的事，烈仔。」黑狗喚回天烈的注意力後，一字一句緩緩道出，「芯芯大概已經來了。」

「……啊？」

黑狗話一出口，天烈馬上從床上彈起身來，還因為太過激動而大咳不止。

「天芯……?!來這裡？黃泉？」等不及自己緩下氣來，天烈急忙丟出不成句的問題，黑狗替他順著氣，笑意中摻著一絲無奈。

「是啊。不過你放心，她會用自己的方法過來，而且肯定是個穿越者。沒有意外的話，她現在一定正急著找你。」

「等等！難不成她早就知道你剛剛講的所有事？」

「呵呵。」

「咳、咳咳咳……什麼跟什麼！不行，我得快點找到她！怎麼可以讓她一個人在這麼危險的地方亂晃！」

「你妹一直都比你想像的堅強很多，我覺得你的狀況比較值得擔心。」

「啊——！阿公你每次都這樣！太相信天芯然後對我過度保護啦！」

……那是因為你一直都沒搞清楚狀況。黑狗維持笑容，想起與孫女相處的種種，他不禁憐憫起身邊的傻孫子。

「乖，咱們明天就起程去找芯芯，她以前就對黃泉有些認知，在擁翠沒碰上的話，她很可能就直奔首都玄鳥城了。」

「好！那就明天……不、不行。阿公你還有更重要的事要做。」

「還有什麼事比你們兩個更重要？」

天烈的話讓黑狗愣了一下，前者的表情頓時沉了下來，眼神緩緩飄向遠方。

「其實，在知道你就是阿公的那一刻，有兩件事同時閃過我腦中，一件就是曾祖母變成罹魍宿主的事，另一件則是……」

「我知道你在說什麼。」會意之後，黑狗的心揪了一下，「我知道你一直都替我掛著這件事，就算我已經離開人世，你還是無法釋懷對吧？」

「怎麼可能釋懷！就是因為那樣，爸才會……」

天烈發現，自己還是無法把這件事說出口。

爸爸在阿公過世的時候，並沒有讓阿公見到他最後一面。

那天，兩兄妹除了守在阿公身邊，還一直試圖把爸爸勸來，但等到最後一刻，依然不見人影。

想起當時心中的遺憾與糾結，天烈長出幾口氣，小聲勸道，「先去找她吧，我沒問題的。」

「我無法放著你不管。況且也不確定她死後到底有沒有來黃泉……」

「你知道她的遺言嗎？爸有跟你說過吧？」

「……………。」

「任何機會都不要放過啊！搞不好她已經在這裡等你了。萬一她像曾祖母那樣發生遺憾怎麼辦？」天烈炯然的眸子映出黑狗啞口無言的模樣。

「如果因為想保護我而錯過挽回的機會，我一定會痛苦到無法想像。」天烈深吸一口氣，擠出一個艱澀的笑，「生前的遺憾已經夠多了，你也是，爸也是。」

「去吧，阿公。」

近乎氣音的央求給了黑狗重重一擊，他能感受到天烈壓抑已久的情緒，也明白孫子一直以來的願望。

但它卻毫無疑問的，永遠只是個不會實現的夢想。

或許，如果能在黃泉挽回些什麼的話，不只對他自己，對天烈也會是一種救贖。

「如果她真的來了，應該會定居在花都。」

「花都？」

「嗯。花都就在玄鳥城的西南邊，一年四季都有不同的繁花盛開，因此得名。」黑狗漾起少見的甜蜜微笑，輕聲說，「她生前愛花成癡，我想，這點就算來到黃泉，也不會改變的。」

「我聽爸提過。聽說還會在他的衣褲上偷偷繡花，讓他有點困擾。」

「哈哈，她就是這樣，進入自己的世界就拉不回來了，但她就是這點特別可愛。」

「太好了，你們果然還是愛著對方。」看著黑狗說話的神情，天烈的心中泛起一絲暖意。

「明天就分別吧，你趕緊去花都，我跟阿狩留在玄鳥城找天芯。」天烈笑著提議，話音開朗，卻有些不穩，「再晚就怕來不及了。我們兩邊都……哎？我怎麼……」

話還沒說完，他揚起的嘴角早已忍不住顫抖，豆大的淚珠不斷從眼中滑出。

「你果然只有在我面前會忍不住眼淚……」

黑狗將淚流滿面的天烈擁入懷中，淚水沾濕他的衣襟，他卻不自覺抱得更緊，「壓抑很久了吧？從來了之後就碰上這麼多事情。讓你忍到現在，真的……很對不起。」

感受到拍著自己後背的手掌溫度，天烈再次哽咽到說不出話來。

「烈仔，三天後日落時分，我們約在玄鳥跟花都的交界處碰面，到時候直接唸剛剛的咒語，我就能找出你們的位置。無論有沒有找到人都要赴約，至少能知道彼此的狀況，再對未來做打算。」感受到天烈微弱的點頭後，黑狗柔聲強調，「放心吧，我已經爽約一次，讓你受了那麼多苦，之後絕對會遵守約定的。」

「嗯。」

「不過在這之前……」黑狗低頭看著天烈瘦弱的身軀，讓對方的髮絲藏住自己奪眶而出的淚珠。

「先放心大哭吧。阿公在這兒呢！」

◇拾參章　天芯

「咦咦！這麼快就要走了嗎？」

翌日早晨，天烈在早餐時間表示即將辭行的當下，雛菊不滿的大叫出聲。

「大哥更過分！什麼都不講，留張紙條就走人是什麼意思嘛！」

「啊哈哈……抱歉，我們都有急事必須處理。」

「真的是我們無法幫忙的事嗎？」

艾倫捧著兩份剛包好的便當來到天烈等人面前，他小心翼翼將便當放入兩袋行李中，笑容中摻雜不捨。

「你已經幫夠多忙啦！還收了你一堆食物，真的很不好意思……」

「別這麼說，你傷沒好全，本來就該多吃點。」艾倫想了想，又從口袋裡抓了把點心塞進天烈的袋子裡。「我還擔心不夠吃呢。」

「……艾倫哥，其實我一直很想跟你說件事。」雛菊抿著唇，語氣有些尷尬，「小哥根本無法吃東西，兩人份的食物應該很足夠了。而且，烈烈又是個小鳥胃。」

「我知道啊。」艾倫眨眨眼，朝天烈和狩誠懇一笑，「但是，你們倆身上都有傷，不乖乖吃飯的話身體好不起來喔。天烈還是得努力多吃點，相信你一定辦得到。至於小哥……雖然比較困難，但總有辦法吧？不然，我幫你想想？」

「哈哈……多謝關心，我會努力的。阿狩的部分慢慢研究沒關係，有機會回來再跟你請教。」

「嗯。一言為定。」艾倫親切的笑了笑，轉向身邊的雛菊問，「小雛還有話要說嗎？」

「要走就快走啦！討厭死了……一個個都這樣……」

雛菊鼓著臉挽起艾倫的手，眼眶不爭氣的微微泛紅。

「小雛！」艾倫蹙眉揉著對方細柔的髮絲，向另外二人解釋，「抱歉，小雛其實很捨不得你們，她是怕離別的時間拖長會哭出來才會……」

「嗯，大致理解。」天烈輕嘆一聲，柔聲哄勸，「抱歉啦，雛菊，事情處理好之後會回來拜訪你們的。所以別生氣了，好嗎？」

「哼。跟我裝可愛是沒用的！」雛菊乾脆埋入艾倫寬鬆的衣物中，沉默了半晌，才小聲說，「一定要記得回來啦……嗚……」

「看來她忍不住了。」艾倫一邊撫慰抽泣的雛菊，一邊與天烈等人道別。

「兩位路上小心。地圖都有帶在身上吧？」

「都放在衣袋裡了，謝謝。」

天烈對艾倫露出感激的笑容，雖然認識的時間不長，但一連串熱心溫暖的舉動，讓他在臨行前竟然有種跟熟人道別的傷感。

「那，雛菊就拜託你了。」

「嗯。祝你們一切順利。」

揮別雛菊與艾倫後，天烈與狩再次踏上旅程，由於前一天晚上，天烈已經把大致情形跟狩解釋過了，兩人一踏出宿舍大門就往擁翠與玄鳥城間的林地前進。

『也許你妹妹已經在城裡了，你確定不先在這裡找找？』

「天芯應該是在我們啟程出任務後來的，我想，不管她用什麼方法，落點都差不多會在擁翠附近。」天烈攤開地圖，一邊瀏覽一邊解釋，「雖然我睡了一陣子，但其實離我們出發到現在也沒過太久。如果把在擁翠可能的整裝時間算進去，現在她應該還在森林裡面繞。」

『但我記得擁翠到玄鳥的最短路程不到兩天……』

「呵，是這樣沒錯。但……」天烈臉色蒼白的苦笑說，「那孩子是個大路癡啊！有地圖還會走錯路的程度。」

「除非有人帶，不然她絕對沒辦法照著最近路程抵達玄鳥城。但總覺得她在很急的情況下，一個人直接亂來的機率比較高。」

『……真不愧是兄妹。』

「啊？我哪比得上她！天芯的我行我素是會讓人胃痛的程度！」天烈收起地圖，扶額道，「不過就算這樣她還是很可愛啦，應該說這也是她可愛的地方……」

『我們還是加快腳步吧。』

看天烈的情緒起伏不定，狩柔聲提出建議。
「是啊，能快則快。」
雖然嘴上這麼說，腳步確實也加快了，但天烈越發吃力的動作還是逃不過狩的感知。
『你的情況果然還是很差。』
「知道無法避免後，現在反而覺得無所謂了。」
『……。』
「幸好在這裡不容易死掉。」天烈看狩還是一副憂心忡忡的模樣，只好柔聲允諾，「要是真不行了會跟你說的。」
『……。』
「別擔心，我不會再虛脫到陷入昏死了！」
天烈自嘲的笑了幾聲，見對方依然渾身緊繃，連忙補充，「而且好不容易才讓你回過神來，實在不想讓你在這種精神狀況下還為我擔心……」
『我現在……其實不像你想的那麼嚴重。』
「還是沒有想起來嗎？」
見狩輕輕搖頭，天烈不禁納悶，「在我昏睡時到底發生了什麼事？為什麼會突然忘記？」
『幸好在黃泉的記憶已經完全恢復。』狩的心音十分平緩，『但生前的事就真的一點也不剩了。』

「啊啊啊啊！這樣真的好可惜！」

天烈對此顯然比狩還要懊惱，抱怨完畢，他再次看向身邊的旅伴，情緒漸漸緩和了下來。

「不過我還是難以想像……你就在完全失憶的狀態下過了三天？」

那天在阿公懷裡哭完，天烈立刻整理心情與狩會合，並跟他說已經找到阿公的事。兩人說沒幾句話，天烈就發現狩的態度有異，一問之下才知道他從與女妖對戰完之後，一直處於腦袋空空的狀態。

『那幾天確實什麼都忘了。』狩回顧當時的情形，語帶感激的說，『但聽到你叫我的名字後，記憶就逐漸回來了。』

「才叫了一次……」

『一次就夠了。在那之後，我頓時想起自己是誰，在黃泉的所有記憶也隨著名字慢慢回到我腦中。』

「也是。阿公都不叫你名字，況且那時他自己也亂得要命。雛菊根本不知道你的名字吧？」

『嗯。其實那幾天，不過是跟遇上你前的感覺很像罷了。』狩的心音平靜而溫柔，『但像現在這樣跟你一起，我竟會對那樣的狀態感到畏懼。』

「越怕越好！總覺得你八成又是幹了什麼傻事才會變成這樣……你真的不告訴我那場戰鬥的最後到底怎麼了？」

『……我們還是快去找你妹妹吧。』

狩的拒答換來天烈一聲長嘆，但他沒有繼續追問，只對狩的提議微微點頭，繼續往目標的林地前進。

◆◇

『天烈，我們還是休息一下吧。』

「……咦？」

狩的叫喚讓專心走路的天烈突然停下腳步，一瞬的放鬆讓他霎時眼前一黑，左搖右晃後總算又穩了下來。

狩見狀連忙伸手攙扶，觸及肌膚的冰冷體溫讓他揪心了一霎。

『找個地方坐下，然後吃點東西。』

「……呃，總覺得沒什麼胃口。我想，就算吃東西應該無法改善吧？畢竟我傷好得慢也算黃泉的規則之一。」

『那至少喝點東西？』

「嗯……」天烈拿出水袋啜飲了幾口，當沁涼的清水滑入喉間，他忍不住微微瑟縮了一下。

「是我的錯覺嗎？怎麼突然變得這麼冷？」

『你的體溫本來就太低了。』狩將手搭在天烈肩上，起身說，『但周遭確實變冷了些。』

「不會吧……難道……」

看著草地慢慢結了層寒霜，天烈原本蒼白的臉色頓時刷得更加慘白。

『別擔心，現在躲起來還來得及。』

狩將天烈單手抱起，另一手撈起隨身行李拋到附近大樹上。

他將天烈安置在行李堆旁，柔聲安撫道，『你先在這裡待著。東西應該還在視線範圍外，我去去就回。』

「等等！」

『……？』

「啊，看到了，就在我們的右前方，有點距離沒錯。」

不知何時，天烈的第三隻眼已經浮出，與他水靈的雙眼同時望著目標所在處。

『謝謝。不過，你這樣真的沒問題嗎？』狩對天烈額上的小伙伴還是感到不安。

「嗯。小傢伙跑出來後我反而舒坦了些。」答話的同時，天烈並沒有轉移視線，「那邊已經黑壓壓一大片了……阿狩，經過上次那一戰之後，我有個想法。」

『嗯？』

「你在戰鬥時身體要跟著激烈運動，常常遮蔽到胸口的視線吧？」

『我戰鬥時幾乎不用視覺。你不用擔心我。』

「那我來當你的眼睛吧！」天烈回眸直視橫躺在狩胸口的獸面紋，連第三眼的神韻都十分認真，「我就在這裡幫你分析戰況，必要時會用心靈溝通警告你。需要我的時候也用心靈溝通跟我說，我會盡力幫你看清楚的。」

『嗯。能那樣的話再好不過了。』

狩喜悅的情緒同時流入天烈心中，讓天烈不禁展開笑顏。

『但同樣的，如果你需要我也請用心靈溝通告訴我。』狩柔聲囑咐，『我會盡力趕回你身邊。』

「知道啦！」

『那我去了。』

「小心點。」天烈又將視線投往遠處，蹙眉說，「黑霧好像更濃了。」

狩輕輕點頭，隨後向後一蹬翻下大樹，飛速前往天烈所言的方向。

當他真正進入視覺所即的領域時，比預期低上許多的能見度讓他下意識又將不擅的視覺收了起來。

濕濡的迷霧與飄散在空氣中的冰冷霜片隱隱刺痛他極度敏銳的感知，雖然每次的環境變化總會對感知造成干擾，但不至於到妨礙戰鬥的程度……

『阿狩，還好嗎？你的動作似乎慢了下來。』

『沒事……只是比想像中模糊，一時呆住了。』

『打架中不要發呆啦！呃，小心左前方……有觸手！』

直覺配合著天烈的警語，讓狩輕鬆閃過第一發攻擊，他壓低身子繞到附近粗壯的樹根後面，隨後果然感覺到龐然大物的逼近。

『接下來它會從你上面……啊，左邊也有一根。』

『後面！朝頸部逼近。』

『本體要動了，應該會朝你的右前方過去。』

『天烈，你好厲害……』當狩舉足痛擊朝自己爬來的本體時，忍不住讚嘆，『它的動作全被你料中了。』

『不是我厲害，是這傢伙的預備跟緩衝動作太大。』天烈越想越覺得奇怪，『而且感覺好軟……整個身體跟隨的部分太多了。阿狩，你剛剛踢到它時覺得如何？』

『聽你這麼一說，確實比一般的肉軟上許多。』虛浮的觸感跟罹魍比較像，難道這次的宿主已經……？

『哇啊啊啊啊！觸手從前後左右上噴過來了！』

『……！』

狩回神的同時，突然一陣勁風襲來，將觸手擋去後把他攔腰推到敵方的攻擊範圍之外。

「繼續發呆的話，會被吃掉喔。」

「……？」

清新而沉穩的少女嗓音傳了過來，狩卻無法感知對方的位置。

「我也在對付這傢伙，姑且算是友方吧。」

狩微微頷首，同時重新觀察周遭情況。

「你似乎沒辦法說話呢。但會心靈溝通吧？」
聞言，狩心頭一驚，卻還是默默點了頭。
「很好，那之後就用心靈溝通。」
少女的聲音平靜而愉悅，狩隱約感到又有幾條觸手被憑空掃去，想來跟她脫不了關係。
狩抓住空檔，連忙給天烈丟了個訊息。
『天烈，之後暫時別跟我說話。』
『嗯？發生什麼事了嗎？』
『之後解釋。』
在連對方長相都無法確認的情況下，狩寧可暫時切斷連結，也不想把天烈的位置讓自己以外的人知道。
『吶，聽得見嗎？』
不久，少女的心音直接流了進來，同時，狩感到一股拉力將自己帶往某棵巨木後方，能感覺到力量，卻無法感知施力者分毫。
『沒時間說明太久……總之我剛剛不是在嚇你，這東西真的會吃人。』
『我知道。這只罹魍恐怕把是宿主吞噬了？』
『正解。所以現在的傢伙是壯大後的本體，必須潛入它體內攻擊核心。』
若只是形體變異的宿主，強制將罹魍抽離後，將耗弱的本體抹殺即可，但侵吞宿主後的罹魍會比原本強壯許多，也有足夠的能量讓自己維持類似生物軀體的外貌。

『知道了。等一下我……』

『不，我來更合適。』少女果決的將話打斷，『我的隱身術連氣息都能藏住。方才幫你擋了那麼多招，你不是也還一愣一愣的嗎？』

『……？』

『你分心跟人說話時，難道不覺得敵人特別乖巧？』

『……！』她怎麼連這個都知道？

『呵，真想知道對象是誰。』少女揶揄的細語悠悠傳來。

『沒時間逗你了，等等我會直接鑽進去，你只要吸引它的注意力，讓它別察覺到我就好。』

『我會出手攻擊。』

『隨你。但不行的話就用心靈溝通告訴我，剩下的我自己想辦法。』

『好。也請妳在發現不行的時候至少現出真形。』狩溫和的心音流露些許無奈，『好讓我把妳拖出來。』

『哎，人真好。我會小心的。』

少女輕笑幾聲，隨著話音消失在狩的感知中。

在此同時，狩也飛速衝了出去，出拳連擊羅魍柔軟的軀體，堅硬的拳頭深陷其中，除了拉出幾條黏稠的黑漿之外，並沒有多大效果。

雖然傷害不大，但牽制它還綽綽有餘。狩一邊盤算，一邊將化為細絲的黑漿一一擰斷，在它們化為黑霧的當下，又躍身閃過數根朝自己飛撲而來的觸手。

狩沒給罹魍收回觸手的機會，他在避開攻擊後立刻拽住伸手可及的部分，以迅雷不及掩耳的速度用力一扭，即便是軟質的觸手，也受不了突如其來的高速拉扯，紛紛脫離本體，化成條狀的黑絲黑影。

扭爆眼前所見的黑色物體後，周遭的黑霧也少了一大半。隱約望見體形稍微縮小的罹魍本體，狩默默覺得自己也許能在少女達陣前就讓它消耗大半。

這麼想的同時，狩左足一蹬，朝張牙舞爪的罹魍本體再次衝了過去，他將雙手的五指併攏，手刀直接刺入對方體內，在滑膩的黑色流體中摸索了一陣，果然找到從中心延伸出較為硬實的部分。

狩心中一凜，扭住目標便向外一拉，但對方沒有掙扎，反而趁勢攀上狩的手臂，進而糾纏到頸部與假頭的銜接處。

「……！」燒灼的疼痛席捲而來，狩急忙放手，卻逃不過罹魍的侵襲。

『……你?!嘖，原本想用更安靜一點的方法……』

少女驚愕的聲音傳來，前一句話音未落，就聽見悅耳的嗓音吟唱一長串咒語，隨即，罹魍本體硬聲炸開，黑色的汁液來不及化成黑霧便四處噴濺，被其沾附的草木紛紛變色枯萎，空氣霎時變得更加混濁難耐。

狩身上的束縛也隨著羅魍炸開而瓦解，在他還沒反應情況前，就感到一股氣勁將他拖往空氣較為清新的地方。

「聽得到的話就回應一聲。」

『……嗯。』

少女霸氣的命令句把狩從一片呆滯中喚醒，雖然在打敗羅魍後開始正常說話，但她依然沒有現形，顯然正輕撫狩的頸部，發出思考的沉吟聲。

「你脖子上多了一串咒紋，看起來大概是之前被詛咒了現在浮出來。」少女簡單推測後，立刻追問，「知道施咒者是誰嗎？」

狩迷糊的點頭，卻又立刻搖頭。

「……到底是知道還不知道？」

『知道。但她在下咒後不久就死了。』

「死了？難道施咒者……」

「阿狩！」

天烈焦急的喊聲蓋過少女的喃喃自語。狩見他提著行李一拐一拐的跑過來，一時忘了少女還在身旁，同樣緊張的朝他而去。

『天烈，你是什麼時候……』

看清身影後，狩發現天烈的第三隻眼已經潛回體內，汙染衣物的新鮮血漬與四肢模糊的血肉讓他陷入驚呆。

「你叫我切斷心靈溝通之後，我在的那棵樹又倒了。」天烈咳了幾聲，神情難掩尷尬，「我抓住旁邊的小樹緩衝，沒想到小樹也倒了……總之沒有摔到爬不起來的地步，我就試著過來了。」

『你……』

「不要緊，慢歸慢，但外傷總會好的。」天烈含糊帶過自己的傷勢，話鋒一轉道，「話說剛剛是怎樣！差點就掛了你知道嗎？還好有……嗯？你旁邊應該有人吧？雖然一直看不清……」

「哥哥？」

始中沉穩的少女嗓音此刻失去冷靜，天烈抬眼朝聲源看去，雙眼在映入人影的剎那微微睜大。

眼前的少女已解除隱身，雅緻的裝束與她嬌小的體型十分相稱，她光滑的肌膚閃著健康的光澤，一頭黑長髮紮成兩束及肩的高馬尾，黑瞳閃著跟天烈相同的紫色光輝。

「天芯！我不是在作夢吧？這麼快就找到妳了！」

「怎麼傷得這麼重？」

天芯三步併作兩步上前，狩自動空出天烈前方的位置，讓她毫無阻礙的撲抱上去。

天烈一愣一愣的把天芯摟入懷中，但虛弱的身體受不了撞擊，讓在他把頭埋入妹妹柔軟髮絲的同時，還是因站不穩而跌坐在地。

「是我的錯覺嗎？妳的頭髮是不是變短了……」

「到黃泉才剪的，原因等等告訴你。」看著自家哥哥不捨的表情，天芯不禁噗哧一笑，「比起這個，你現在先別動。」

「嗯……？」

天烈疑惑的同時，感覺天芯環住他的雙手緩緩收緊，隨即聽見一串咒語被她清甜的嗓音誦出。

傷口一直存在的痛楚隨著咒語的誦讀漸漸消失，天烈心頭一驚，發現身上的大小創傷全轉移到懷中的妹妹身上。

「……天芯?!」

天芯沒有理會哥哥的驚慌失措，強勢的再次把手收緊，自顧自的把咒語唸完。

「別動，就像現在這樣抱著我。」

「可是……咦……？」

見天芯身上的傷漸漸好轉，天烈終於弄清她的用意，趕緊喬了個姿勢增加與天芯的接觸面積。

「你看。這樣傷不就都好了嗎?雖然你不久後還是會虛脫一下。」

「妳是怎麼……」

「轉移的咒語，特地為你學的。」

「妳果然從以前就知道了嗎？」

「嗯。」天芯將頭埋進天烈寬鬆的衣物當中，語氣輕柔而堅定，「哥哥，我一定會保護你的。不管發生什麼事。」

「傻孩子，我怎麼能讓妳保護？應該要反過來才對。」

「哥哥真是狀況外。」

……雖然阿公也講過類似的話，但由天芯親口說出的殺傷力果然不同凡響。

在天烈陷入無語的同時，也隱約感覺到自己體力即將透支，他趕緊放開天芯，柔聲說，「天芯，先讓我暫時躺平在地上吧，不然我會把妳壓死……」

「你可以靠我身上沒關係。」

「……。」

在一旁默默觀望的狩，此刻終於走了過來，將天烈提到距離最近的樹下，讓他靠著樹幹稍作歇息。

「謝謝。」兄妹倆同時道謝。

「天芯，跟妳介紹一下，他叫狩，目前我們兩個一起旅行……」講到後半句，天烈的話語已隨著意識不清而開始含糊。

「喔？所以你剛剛的談話對象就是我哥？」

狩老實點頭，換來天芯一個燦爛的笑容。

『謝了。感覺哥哥一定受了你很多照顧。』

這句心靈溝通只有讓狩聽見。

『不，我常覺得，獲得救贖的反而是自己。』

「噗。你都這樣說話嗎？也太可愛……」

『這是肺腑之言。』

「我知道。總覺得我們倆在某方面很相似。」天芯看著逐漸睡去的天烈，眼神深邃而堅定。

「我不會讓任何人奪走他的，絕對不會。」

『嗯。』狩輕輕應了一聲，沉默片刻後，補上一句，『妳那個咒語，之後也教教我吧。』

「喔？你也想學？」天芯的雙眼迸出光芒。

『總覺得一直都讓妳轉移不太好。天烈不會喜歡看到妳一直受傷……唔，雖然這樣也許可以讓他自制一點，不再胡亂涉險……』

聽著狩後半句的喃喃自語，天芯已是心花怒放，「好，那之後一句一句教你。使用方法就跟你剛剛看到的一樣。」

『好的，謝謝。』

「哥哥很纖細的。請你對他溫柔一點。」

『嗯。我會的。』

聽見狩誠懇的回答，天芯忍不住格格笑了起來，聲音像鈴鐺一樣清脆，十分好聽。

「我覺得，我們一定會合作得非常愉快。」開心完後，天芯的神情又恢復往常的平靜從容，

「能有你這樣可靠的伙伴真是太好了。之後請多指教。」

拾肆章　去留

「雖然我們還有好多事要解釋跟解決，但在這之前……」

天芯再次瞟了狩頸上的咒紋幾眼，隨即轉身大喊，「躲夠久了吧？可以出來了。」

「……？」

狩的疑惑在看見從樹叢中踉蹌爬出的四名男子後迎刃而解，從他們身上殘破的裝備看來，應該都是隸屬於某個冒險團的勇者。

「你們不用帶我去玄鳥城了。」天芯望著朝自己走來的四人，單刀直入道，「因為人已經找到了。」

「欸？不來了嗎？」領頭的持劍男子一臉驚愕，急切勸道，「還是到我們公會看看吧？」

「我們是玄鳥城最大的公會，絕對不會虧待妳的。」看似弓箭手與法師的成員趕緊連聲附和。

「我記得之前只是麻煩你們帶路，並沒有說過想加公會。而且玄鳥最大的公會不是星芒嗎？你們衣服上的徽章看起來不太像。」

「呃……我們的占地真的比星芒大喔！」

「體積大而已嘛。有什麼了不起。」天芯毫不客氣的咕噥，顯然不想再與他們爭論下去，「抱歉，我之後要跟這兩個人同行。你們請回吧。」

「再考慮一下吧？不然就三位一起……」持劍的男子一面擺出邀請手勢，一面露出渴切的笑容。

方才在暗處觀察，早已對狩的身手讚嘆不已，若能將兩個強大的戰力攬入公會，之後一定能有無限發展的可能性。

「我們幾個只是公會裡的初階隊員，實力比我們強的人多得是。」

「姑娘功夫了得，看不上我們也是當然的。但公會裡還是有不少高手，千萬別以我們幾個的實例來衡量公會啊！」

這些人……不惜貶低自己實行哀兵政策嗎……？天芯面有難色的別開眼神，忍不住用心靈溝通抱怨。

『他們好煩吶。』

『需要幫忙嗎？』

『能怎麼幫？』

聞言，狩先是將沉睡的天烈連同行李抱起，再以常人無法看清的速度把天芯扛上自己的肩。

『抓穩了。』狩柔聲警告的同時，便加速往四位勇者所在的反方向奔去，等他們反應過來後，三人早就消失在視線可即的範圍中。

「呵呵，好不負責任的方法。但我喜歡。」

隨著狩在樹林間穿梭，天芯緊緊環著前者的頸子，順道仔細研究起上頭依然存在的咒紋。

「趕緊找個地方歇著吧。你的體力看起來也還沒完全恢復？」

『嗯。』狩輕輕應了一聲，在天芯的指引下找到一塊較為低平的空地，將兩兄妹與行李放了下來。

一連串的振動與碰撞還是讓天烈醒了過來，他抬手揉了揉腦袋，含糊不清的問，「……額？怎麼回事……我剛剛是不是睡著了？」

『多睡會兒吧。已經沒事了。』狩溫和哄道，順便替他理了理有些零亂的衣裳。

「才怪，你看起來很有事。」天烈直勾勾的盯著發黑的咒紋，語帶懷疑，「你脖子上那是什麼東西？剛剛神智不清竟然沒注意到。」

『那是……』

「哥哥，睡你的覺，狩的事情我來就好。」

天芯的研究似乎有了心得，她在把試圖爬起來的天烈壓回地上後，緩步來到狩的跟前。

「抱歉，我只能想到有點暴力的方法。」

『沒關係。』

狩答話的同時，天芯啟唇誦出一串發音奇特的咒句，唸到尾聲時，只見她小手一指，狩的頸部又多出一條緋色的咒紋，與黑色的部分交織錯落，彷彿作工精緻的項鍊。

「妳……妳做了什麼？」天烈渾沌的腦袋，在看見咒紋射出的剎那全清醒了。
「我在他的詛咒上再壓了一道咒。」天芯解釋道，「目前大概找不到施咒者解咒，只好暫時壓一條性質相反的跟它抗衡。」
「詛咒？阿狩你什麼時後被詛咒了？」
天烈驚愕的眼神來到狩身上，後者沉思了一陣，淡然說，『在你沒看見的時候。』
「廢話。別想唬我！」
『……對付女妖的時候。』
「啊！我就知道最後一定出了什麼事！好樣的……你們還真的一個字都沒提就讓這樣我睡過去……」
『……。』
狩被講得有些心虛，只好把身體轉向天芯問，『妳知道咒文的內容了？』
「不完全。雖然語系跟我學的相通，但都是很舊的語法，有些甚至還是古字。」天芯坦承，「但我能確定這道咒是想切斷你跟某個東西的連結，所以我在上面壓了接合跟治癒的咒語，大概能頂個一陣子？」
『謝謝。』
「被詛咒之後有什麼症狀嗎？」
「他失憶了。很嚴重的那種。」天烈火速替狩把話接了下去，絲毫沒有掩藏心中的惱怒，「而且把好不容易想起來的生前記憶忘得一乾二淨，還在那邊說沒關係！」

「嗯。看來施咒者想切斷的，很有可能是狩與他真正腦袋的連結……」

「什麼?!妳的意思是……他那顆被切掉的頭還有功能？」

天烈的反應顯然比狩還要激烈。見狩停格了好一陣子，他起身抓住對方搖晃道，「喂！別發呆啊！你怎麼老在緊要關頭發呆？」

看著自家哥哥逐漸恢復活力，天芯清秀的臉上泛起微笑，隨後雙腳一顛，壓著兩人的肩一起就地坐下。

「在進入正題前，有件事你們得先了解。」確認兩人的注意力集中到自己身上後，天芯才緩緩開口，「你們知道自己現在是什麼東西嗎？」

「不就是人嗎？」

「是我剛剛問得不好，與其說是什麼『東西』，不如說是什麼『狀態』。」天芯欣賞著天烈疑惑的神情，櫻紅的唇角微微上揚，「你現在的樣子正是你身為人的原質，用人間的話來說，類似靈魂，但其實不太一樣。」

「正常的原質，就像我們現在這樣，是有血有肉的。不過，跟人間其他生物相比，原質實在強過頭了。你們都在黃泉受過傷，應該能理解吧？原質狀態下很難重傷致死，要是人在人間也這麼難死，世界大概早就毀滅了。」感嘆完畢，天芯繼續解說，「因為原質不適合直接在人間生存，所以必須被壓抑成靈魂的形式，裝在符合世間平衡、相對脆弱的複製品裡面，而那個複製品，就是我們認知中的肉體。」

「在人間，死亡是由肉體判定，當肉體損壞到不能用的程度時，原質就會被抽出來塑造成全新的人，裝進新的肉體之後再次進入人間。」

「呃，怎麼有種……被用完就丟的感覺？」

「大概吧。或許對它來說，人就是這樣微不足道的存在。」

「誰?!」

「不清楚，也許就是我們所在的世界。」天芯續道，「我常覺得世界是有意識的。像原質明明就是人間規則內的東西，理應只存在於人間，但黃泉卻硬是把某些人的原質引來，甚至不惜為我們這些外來物創立新規則，讓人在這裡連呼吸、吃飯等生理需求都成為非必要。我覺得，死人在黃泉重生一定有什麼共同目的，但還不知道是什麼……」

「或許只是因為……孿神好奇？」天烈隨口回應。

「你說孿神信仰嗎？」天芯冷淡的表示，「神話裡可能有某些部分接近真相，但因為興趣把人類抓來什麼的……那麼膚淺的理由我無法接受。」

「嗯，其實我也覺得那段怪怪的……所以妳之前說到哪了？人死後原質會被抽出跟重塑？」

「嗯。人活著的時候，肉體跟原質的狀態基本上是同步的，但為了重塑時能有完整的原料，原質被抽出前會進行一次快速修補。因此就算死狀悽慘，出來時應該要是完整的。狩的頭是在黃泉才被砍的嗎？」

「好像一來黃泉就沒有頭了。之前也被問過類似的問題……」

「那也許是他生前被動了什麼手腳，讓他在快速修補的環節出了問題。但這樣還是很奇怪。」天芯納悶，「據我所知，就算抽出前的快速修補有差錯，原質還是有很強的再生能力。軀體碎成太多塊當然無法再生，但如果只有頭被砍掉，狩的原質照理會放棄原本的頭，在身體上重新長出一顆才對……除非……」

「除非？」

見天芯神色嚴肅，天烈也跟著緊張起來，一旁的狩卻處在呆滯狀態，看似對天芯的話毫無反應。

「有人刻意讓他的頭、身在分家後還保有連結。而且那顆斷頭必須被保養得很好，情況才可能成立。」天芯緩緩說，「原質在錯覺之下沒有進行再生，他才能在看似長期沒頭的狀態下生活。」

「幹——！誰那麼變態啦！」切一塊帶走還強制保鮮咧……沒事這樣惡搞一個人做什麼？

「悉心保養一顆斷頭確實挺恐怖的，但其實真正可惡的是想切斷連結的傢伙，而不是那個守著腦袋的變態。」

「怎麼說？」

「頭跟其他部位不一樣，所有的記憶跟智慧都在裡面。如果狩原本的腦袋被放棄掉的話，意味著他至今為止的所有記憶都會一起被葬送，甚至不能保證他長出新頭後能夠馬上自理生活……

想想看，完全空白的嶄新腦袋，跟初生的嬰兒沒兩樣，甚至更糟，有的嬰兒還有胎教哩！」

「嗯，太可怕了。所以無論如何還是得找到原本的頭接回去才行。突然有點感謝那個變態了，在我們找到你之前繼續讓頭保鮮吧，越新鮮越好……」

「至少能知道頭應該也在黃泉。詛咒狩的傢伙大概是不想讓頭被找到，如果頭根本沒被帶來，他大可不必勞心費力的施加詛咒。」天芯摩娑著下巴，思索道，「不過，從詛咒發作的情況來看，對方似乎網開一面留了思考，主要想削弱記憶的部分，這又是為什麼呢……？」

「我還想問問五官的事。」天烈直指狩身上的獸面紋說，「他現在是靠紋身發揮視覺跟聽覺，那顆頭的五官感覺沒在運作啊！」

「我猜，狩的五官目前正在沉睡，不然他應該會受到影響。至於紋身，也許是留下它的人動了什麼手腳，抱歉我無法確定。」

「別道歉……我甚至不知道妳能懂這麼多。」天烈露出自責的笑容，寵溺的輕揉妹妹的秀髮，「唉，我真是個失敗的哥哥。在我不知道的時候，妳究竟一個人承受了多少事？再也不要瞞著我了，好嗎？」

「……唔。那得看情況。」

「天芯！」

「狩，說幾句話吧？剛剛都在談你的事呢。」天芯直接無視天烈的抗議，朝狩露出鼓勵的微笑。

而狩在停頓片刻後，若有所思的問，『天烈在生前，也常常勉強自己嗎？』

「咳、咳咳！嚴重離題了喂！你剛剛到底有沒有在聽人家講話？！」

『有。』狩的心音無比認真，『因為我已經忘了，所以聽了以後才在想……人間的肉體很脆弱嗎？如果那麼容易壞掉，天烈會不會是……勉強壞的？』

「那是多早以前的話題啦？重點在後面！你該不會剛剛聽了就一直在想這件事，結果把後面給漏了吧？」

『…………？』

「你……」天烈掩面，不忍直視他脫線的好伙伴。

「哈哈哈哈哈！狩你好妙喔。」天芯依偎在天烈胸前，笑得花枝亂綻，久久不能自己，「某種程度上你還真的猜對了耶！太厲害了。」

「你們……不要一搭一唱戳我痛處好嗎？」

天烈拍摸著趴在胸前的天芯，得知自己大概真的是被自己操死的，不由得感到悲哀。

「哥哥的身體原本就夠爛了，上大學之後更是常常跑醫院，別以為我不知道。」天芯把臉埋入天烈胸前的衣物中，藏住說話時賭氣的表情，「叫你要好好睡覺都不聽，功課明明不熬夜也能畫完的。已經熬夜一整學期了，期末還通宵，身體不罷工才怪。」

雖然天烈已是一臉悲壯，但天芯顯然打算繼續這個話題。

「……。」

「還好最後救回來了。你得感謝那天跟你一起奮鬥的室友。」
「咦？」
意外的消息讓天烈暫時陷入呆滯，回神後，他睜睜望著天芯，略帶遲疑的問，「……我不是死了嗎？」
「沒。但現在大概在昏迷中。」天芯的態度轉為嚴肅，「雖然以你的健康情況真的有可能熬夜猝死，但你這次出事，主要是因為你那天的精神狀況特別差，敵人看準時候，在你不小心睡著的時候直接把你的原質綁來黃泉。」
「我昏迷多久了？」
「放心，黃泉現在的計時與人間不同，雖然你已經在這裡過了一陣子，但實際上在人間才過不到三天。」
「嘖。那妳不是還沒放假就跑過來了？」
「假我都請好了，爸也知道這件事。」天芯平靜而篤定的宣告，「如果你的原質一直回不去，肉體最終還是會死亡。我不會讓這種事發生的。」
「天芯，如果這些都是命數我就認了。總不能讓妳為了我打亂生活吧？」天烈迎上天芯的視線，柔聲說，「不知道如果沒有這些奇奇怪怪的事，我在人間到底還能活多久？但仔細想想，這種事在本質上，其實跟出一場車禍或其他意外是一樣的。人難逃一死，我總有一天還是走到這一步，但或許比現在晚上許多……」

好不容易逐漸接受自己的死亡，卻又再度被告知還有機會回到人世。突如其來的轉折讓天烈一時覺得有些虛幻，但希望妹妹安然度過餘生的念頭，卻是毫無疑問的真實。

「哥哥，這次我無論如何都要把你帶回去。將來再碰上類似的情形，我也會想盡辦法把你搶回來。」天芯毅然打斷天烈的勸說，神情沒有絲毫動搖，「其他意外我也許無法挽回，但這種的……我絕不妥協。」

見妹妹臉上瞬間閃過的深惡痛絕，天烈頓時覺得自己的心揪了一下。

他深知天芯一旦堅持某件事，就算說破嘴也無法撼動她分毫，但從小到大，他沒看過天芯露出這種表情。

才重聚沒多久，他忽然覺得自己快要不認識天芯了。

直到此刻他才意識到，自己無知度日的同時，天芯或許已經為他扛下許多不屬於自己的負擔。

再這樣下去，天芯的未來也許會毀在他手上……

「天芯，妳不是說原質離開肉體太久的話，肉體還是會死亡嗎？那妳自己不也一樣？而且，妳的身體之前明明就好端端的，老實跟哥說，妳是不是對自己做了什麼可怕的事？」

突如其來的念頭讓天烈臉色鐵青，他甚至不敢想如果天芯在他面前坦承了，自己會崩潰到什麼程度。

「噢，這你別擔心。」天芯似乎看出自家哥哥的擔憂，趕緊澄清，「我是用媽媽教的方法穿越過來的，絕對不是用什麼自傷自殘的方式讓原質脫出。你想知道原理的話，跟我回人間的時候就能體驗了。」

「……媽媽?!妳對媽還有印象？」媽過世時妳還是個寶寶吧？

這回，天芯的神情僵了一下，她躊躇了一陣子，終於像個犯錯的孩子一樣低語，「其實一直以來，媽媽會定期趁我睡覺時教我一些東西，像是……咒語或世界的規則之類的。但大約一年前，她就沒再過來找我了。」

「……。」

「對不起，背著你跟媽媽見面……」

「傻孩子，我才不會為這種事生氣。」天烈眉頭深鎖，臉上已失去血色，「真不敢相信……媽居然會做這種事！天芯，不管媽對妳說了什麼或教導妳什麼，妳的人生還是妳自己的，保護我並不是妳應該做的事！這對妳不公平！」

一手把他的特殊能力全數封印，另一手卻暗中調教天芯……媽媽打的算盤天烈已經大致猜出，但就算是為了保護他，也不能將天芯拖入險境啊！

「這是我自己的決定，跟媽媽無關。」天芯仰頭凝視氣到臉色發白的哥哥，話中沒有絲毫猶豫。

「天芯，聽哥一個勸。」天烈回以嚴肅的視線，說話的聲音甚至微微顫抖，「不要再管我的事了。我知道這種時候要妳放棄很困難，但我其實已經漸漸適應黃泉的生活，如果回去人間後，還總讓妳為了這類的意外涉險，我寧可在黃泉繼續過下去。」

「……。」

天芯神情冷靜，讀不出任何情緒。

氣氛僵硬了良久，她終於輕嘆一口氣，緩緩開口，「如果你真的想留在黃泉，我不會阻止你。」

「但在那之前，要先把可能對你不利的傢伙給……」

「不！我不是……呃啊！妳到底是真的聽不懂還是故意抓錯重點？」

天芯的回答讓天烈陷入崩潰。

『你們兩個都冷靜一下。』

一直沉默旁觀的狩，深深體會到當局者迷的感慨。

兄妹糾結的點其實一樣，只是對向互換罷了。偏偏兩人都特別死腦筋，才會像鬼打牆一樣繞著同樣的話題瞎轉。

『天烈，假設天芯被一群壞蛋擄去，對方威脅如果追上來連你一起殺，你會追嗎？』

「廢話，當然會……靠。」

天烈脫口而出後，馬上意識到自己落入狩話中的圈套。

「居然幫天芯護航啊喂……我們之間的革命情感就這麼不堪一擊嗎？太讓人心寒了！」

「笨。就是因為在乎你才替我護航。」天芯得意的瞟了天烈一眼，隨即朝狩嫣然一笑，「伙伴，愛死你了。」

『天芯看起來是有備而來，而且目標很明確。不妨先聽她說明把你帶回人間的方法，再決定要不要把她勸退。』

「但是，這件事急不得。得先找到阿公，跟他一起才有辦法完成。」天芯倒也聰明，拿阿公當擋箭牌，好在找到人之前名正言順的賴在哥哥身邊。

「……好。兩天後我們正巧有約。」望著天芯得意的神色，天烈心下卻舒坦許多，他知道，阿公雖然常常縱容寶貝孫女胡鬧，但總能在真正惹麻煩之前把天芯制住。

這次阿公要是聽了他的想法，肯定會站在他這邊的！

「咦？你已經找到阿公了？這麼快？」

「說來話長，但跟妳解釋之前……」天烈掃過天芯垂在肩上的柔順馬尾，聲音變得異常溫柔，「先解釋一下妳的頭髮怎麼回事？妳之前說過是在黃泉剪的對吧？剛剛我碰那麼多下似乎沒反應，但吃點東西還是能長回來吧？」

身為愛惜自家妹妹每一個毛孔的好青年，天烈自然十分心疼天芯原本及腰的長髮。

「長不回來囉。因為我做了這個。」

天芯說著，從衣袋裡抽出一把拂塵，銀白色的握柄搭上絲綢般的黑色毛髮，讓這柄武器看起來氣質非凡。

「共體武器。顧名思義，這把武器上的毛髮還是跟我的原質存在連結，上頭的法力也可以從我這邊補充。」天芯驕傲的輕撫手上的拂塵，話音充滿喜悅，「很棒吧？武器跟我一樣強。」

「強妳頭啦！」頭髮是給妳這樣弄的嗎？

「說得真好。我的頭已經擴張成武器了，當然強。」

「……。」

想到寶貝妹妹的頭髮會打在各式各樣噁心的怪物或壞蛋身上，天烈就感到一陣胃抽。

「天芯，算哥求妳，以後千萬別用這個武器。」

「為什麼？頭髮傷了又不會有感覺。」天芯大言不慚的頂嘴，「聽說還有狂人用自己的骨頭下去鑄劍呢！劍要斷了那才叫精彩……」

「不行！管他哪個瘋子用了什麼部位做武器，那東西斷了妳不痛我會心痛啊！妳哥就是不爽看妳傷到一根頭髮啦，妳咬我啊！」

「狩你看。戰士的光輝，美吧？」

見自家哥哥不懂得欣賞，天芯晃著拂塵，企盼的眼神轉向了狩。

……別為難我啊！狩在心中默默哀號。

雖然也覺得天芯對自己的原質太過輕率，但不知為何這姑娘散發的氣場讓人對她十分放心。

『武器看起來質量不錯。但如果不太會用的話，還是少用為妙。』

「這你不用擔心。我會選拂塵就是因為相對稱手。」

『是嗎？』

狩輕笑一聲，片刻間已無聲無息的奪過天芯手上的武器。

「……?!」

『確實挺好，重量也輕，適合妳這樣標緻的姑娘。』

「你的手上功夫確實了得。但沒用的，共體武器，寶貝兒只聽我的話。」天芯伸手釋出法力，拂塵就像牽了線一般滑回天芯手中。

天芯一拿到拂塵，就示威性的往身邊的樹枝一揮，啪搭一聲，鄰近的樹枝相繼折斷，飛舞的殘枝頓時讓人眼花撩亂。

『妳軟兵器用得跟硬兵器一樣，真對上了，斷的一定會是妳。』

「喔？這麼了解？難道你用過拂塵？」

『……？不知道。』

一被提點，狩的聲音頓時變為空茫。

方才的點評沒經過太多思考，被天芯這麼一講，他才意識到自己似乎在毫無經驗的情況下口出狂言。

真的毫無經驗嗎……？還是……

還來不及思考，天芯的心音已經傳了進來。

『玩兩把試試。給你。』

天芯拋了拂塵過去，自己則是從衣服的暗袋中掏出一枚小飛刀。

「接好！」

天芯快手將飛刀射向狩，絲毫沒有放水的意思。

而接過拂塵、看見迎面飛刀的剎那，狩的感覺就像在與女妖第一戰時觸碰弓箭一般，身體自然而然動了起來。

只見他出手極快，灌注些許氣勁後，拂塵上的毛髮呈現柔軟的流線，順著揮舞的軌跡飄動，看似只在飛刀上輕點了一下，飛刀卻完美的從攻擊點裂成兩半。

拂塵收回，毛順得跟沒用過似的。狩俐落的完成迎擊之後，連自己都愣了半晌。

「好厲害……這我還真的做不到。」讚嘆的同時，天芯一臉興奮的從暗袋掏出更多的小飛刀，正準備射出，就被狩的心音阻止。

「怎麼這樣就喊停了？」天芯不滿。

『妳哥在妳後面，氣到快吐血了。我們還是去安撫他一下，功夫等等教妳，乖。』

◈ 拾伍章　姊妹

由於很快就找到了天芯，大夥兒決定提前到花都落腳，稍作安頓與歇息後，轉眼便到了與阿公相約見面的日子。

離約定的時間還有一陣子，三人就在花都的大街小巷隨意遛達。

期間，天烈把之前在黃泉的境遇都跟天芯說了一遍，談到女妖一戰時，天芯特別留心了一下，但見狩絲毫沒有鬆口的意思，也就沒再多問。

「所以這次可能同時見到阿公阿嬤囉？」天芯愉悅的下了結論。

「是啊。希望能夠如期找到人。」

「所以我們決定當賞金獵人了嗎？還是緩緩？」

「什麼『我們』？妳還沒入夥呢。」天烈揉了揉天芯的腦袋，完全沒有心軟的意思。「等找到阿公之後，一定把妳勸回去。」

「沒准我們就一起回去了。」

「……呵。」天烈乾笑一聲，朝狩的方向瞥了一眼。

『能那樣的話我也會很高興。別掛記我。』

『……可是已經說好要一起找頭、找記憶了。』之前的目標，天烈可沒忘記。

『是嗎？我只記得你要找人，現在似乎找到了。』

『你……』天烈對這傢伙裝傻的功力欲哭無淚。

「幹麻現在就開始離情依依？我說過，如果你想留在黃泉，我不會強行帶你回去。」欣賞完身邊兩人擠眉弄眼的心靈溝通，天芯理所當然的說，「如果哥哥想回家，我就想辦法把你弄回家，如果你決定留下，我就把覬覦你的傢伙剷除。」

「我的目的只有一個，保護你而已。」

「……。」聽完天芯的結語，天烈又是一陣胃抽。

「真的被抓的話我自己想辦法就好，趕快收起妳那莫名其妙的想法，回家吧。」

「不要。我很早以前就下定決心了。」

「妳沒有義務保護我！而且我不想要妳的保護！」

「我從來沒有把這當成義務！這是我自己決定的……」

『行了行了，你們都少說兩句……本以為聞著花香能讓你們冷靜點的。』狩的提醒終於讓兩兄妹暫時停火，但絕不是因為他的勸辭多麼有用，而是因為環境確實不太適合大吵大鬧。

花都正如它的名聲，一入城，就見奼紫嫣紅齊齊綻放。沿途香風習習，柔軟的各色花瓣被吹得滿地翻滾，走在上頭，彷彿步行於柔軟的絨毯上，十分舒適。

而這裡的建物多以白色石材為基底，雖然從部分屋瓦結構還是能看出東方古建築的影子，但乳白色系的幢幢房屋襯著盛開的百花，讓整座城看起來像一座夢幻莊園。

而花都的居民，也許受到環境的影響，習性也十分溫和，從三人初來乍到，找人問路借宿時，人人皆是態度和藹、輕聲細語，連語速都比常人緩和了一些。

在這種地方搞兄妹鬩牆，無疑是汙染這邊清新的社會空氣。

正愁著氣氛突然有些僵硬，左右傳來的微微騷動聲馬上讓三人轉移了注意力。

騷動的源頭，是三個女孩，領頭的背著劍，後頭跟著弓箭手跟法師，應該是隸屬某個公會的勇者。

然而，三人引人注目的理由不全是因為來歷，光是她們身上充滿蕾絲與緞帶，華麗到看起來不像戰鬥服而像公主裝的穿著，就足以吸住所有路人的目光。

「是嫣花的人……？」天芯兩眼放光的喃喃。

「嫣花？」

「嫣花公會。花都最大的冒險團組織。成員清一色都是女生，所以被眾公會戲稱為公主養成會。」天芯一邊解釋，一邊望著眼前幾個跑得著急卻優雅的公主們。

「果然名不虛傳……雖然已經有心理建設了，但真正遇上了果然不同凡響。」天芯笑著朝嫣花的美女們跑去，天烈與狩見狀，也急忙跟上。

「怎麼了嗎？跑這麼急？」天芯三步併做兩步跑到她們身邊，語氣親切的提問。

「在追一個小姑娘。」劍客雖然忙著趕路，但依然輕柔的給予回覆。

「那個姑娘剛剛來我們公會求救，說是同伴成了羅魍的宿主，希望我們能幫忙。但跟她解釋過情況後，她就頭也不回的跑了。」

「啊……」

成為宿主的人類，必將滅亡。

明白這點的天烈等人面面相覷，他們知道那位姑娘在得到答案後肯定大受打擊，但自己衝去找宿主的結果，大概只有同歸於盡了。

嫣花公會的人顯然是想阻止悲劇發生，才趕緊追著那位姑娘跑出來。

「知道姑娘人在哪嗎？」發問的人是天烈。

「知道。一看她跑走，我就壓了咒印在她的後頸，現在正用它追蹤呢！」法師回道。

「長相、穿著？」

「鵝蛋臉大眼睛，黑色頭髮綁著雙麻花辮，身上穿著粉紅色花裙。」

「知道了。我們對處理羅魍有點經驗，或許能幫上忙。」天烈笑著解釋，嫣花眾抬頭一看，發現對方額上已經多出一顆轉動的眼睛。

『加速？』狩丟出了心靈溝通。

「麻煩了。」說著，天烈背起天芯，跳上狩的背，朝嫣花的女孩們喊道，「先走一步了。」殘影留下，人已消失無蹤。

「左前方，直走。」天烈很快補捉到目標的人影，馬上給狩報了路。

由於這裡距離邊界的森林已經不遠，路上行人隨著他們與目標的距離縮短而越來越少。

最後，三人闖入一處林中小屋的庭院，裡頭原先綻放的花朵早已枯萎，柵欄與房屋周邊更是凍了一層厚厚的冰霜。

望著黑氣不斷從小屋門窗溢出，天烈等人繃緊神經。狩擺出了備戰姿態，天芯則是抽出拂塵。

「……啊！危險！」

天烈突然驚叫一聲往屋內衝去，在天芯與狩還沒反應過來前就消失在黑霧中。

二人神情一凜立刻跟上，心想這小子八成穿透黑霧看到姑娘身陷危機，滿腦子想著救人，就毫無顧慮的進屋了。

室內的空氣與視野都差得驚人，狩利用感知找到身旁的天芯，心靈溝通道，『這裡黑霧濃，小心點。』

天芯點頭，隨後一道激光射出，符咒隨著優美的弧線落到若隱若現的宿主身上，緊接著，連環爆裂的聲音傳出，以符咒為中心的強烈光線掃射屋內，一切頓時清明許多。

驅邪咒。爆裂咒。

天芯用拂塵搓合了兩種符力，連咒都沒念，就瀟灑的給了敵方第一個攻擊。

此時天烈也找到二人的所在，抱著虛軟的姑娘前來集合。

『引出去。』狩沒有多言，從天烈手中接過姑娘便衝出門外。

「走！先到庭院。」

天芯拉著天烈邁步衝了出去，才到室外沒幾步，她就察覺哥哥的腳步不對勁，臉色瞬間沉了下來，「你剛剛治了誰？」

「我看那姑娘已經快不行了，所以……」天烈露出溫柔的笑。

不等他繼續解釋，天芯啪啪啪便是三張防護咒打在天烈身上。

「待著。不准動。」發話同時，天芯一把將天烈推倒在庭院角落。

……暫時也動不了啊。天烈在心中默想。

「你們小心點。」天烈對兩個伙伴柔聲叮囑，接著看到昏厥的姑娘被狩送進防護圈中。

眼看宿主已經走出小屋，天芯又射出數個爆裂咒吸引宿主的注意力，而狩則在天芯與宿主之間，尋找爆裂間的空隙出手攻擊。

宿主被兩人越引越遠，但天烈始終沒有放下心來。

等恢復體力後還是得跟上去，至少看有什麼傷口能讓他治療。

思索的同時，他隱約聽見身邊傳來細細的沉吟聲，只見地上的姑娘猛然驚醒，隨後踉蹌朝防護罩邊緣爬去。

「等等，妳還是別去了吧……」天烈看著不忍，連忙開口規勸。

「可是……」

「找到了！在這裡！」

此時，嫣花的人也到了，看見天烈與姑娘待在防護罩裡，紛紛鬆了口氣。

「勇士先生，請問您的伙伴在哪呢？」劍客柔聲問道。

……勇士？天烈無暇在意奇怪的稱呼，這裡放眼望去這裡也只有一位先生，他趕緊調整視線，報了其他人的位置，「正沿著大路筆直前進，啊，前面有個岔口，向右拐了。」

「謝謝。您看起來有些虛弱呢。需要幫忙嗎？」

「沒關係，休息一下就好，我等等跟上去。」

「那這瓶花露留給您，喝了可以強身。我跟姊妹們先前去相助了。」

「謝謝，拜託妳們了。」

看著嫣花妹子們積極救援的模樣，天烈真心覺得這群巾幗英雄其實挺可愛的。

他喝下對方贈與的花露，雖然不知道藥物對自己的情況有沒有用，但他還是不想辜負對方的好意。

意外的是，這花露還真有點效用，現在他至少能起身攔住嘗試脫離防護的姑娘。

「他們會好好處理的。對於你的同伴，我很遺憾……真的。」

說著，天烈看到姑娘的眼淚簌簌流下。

「不……我還是要去。」姑娘嗚咽說，「我、我也知道，成為宿主後他就沒救了……但還是想試試看……」

「嗯。」天烈一邊安撫著身邊的姑娘，一邊撕掉黏在自己身上的防護咒。

比起之前對付女妖時岌岌可危的防護罩，天芯不只黏了三張符，還灌注了她素質精良的符力，強度自然增加了不少。

天烈不知道防護能再撐多久，但他曉得自己沒力帶著這個重量級的防護罩到處走動。

「……沒辦法的話……也得由我來動手！」

此時姑娘已經抹去眼淚，聲音難掩哽咽，眼神卻堅定無比。

「人形宿主比一般的罹魍宿主強上許多，況且妳看起來也不是會打架殺人的類型啊……」天烈雖然被這眼神感動了，但說話的是一個看起來手無縛雞之力的柔弱女子，他就算被激起一絲熱血，也無法看著對方為感情白白送死。

「沒關係的。他有把武器留給我，他說這武器很強，就算是我，也能靠上面的法力殺了他。」

「這樣聽來，他已經有所預料了？」

「嗯。他說之前發生了點事，他不放心。可也不確定是否真的會……」

講到此處，姑娘的眼眶又紅了。見防護罩解除，她趕緊跌跌撞撞的跑回屋內，天烈一路尾隨，看著她進入自己的閨房，將床底下的武器拖了出來。

包裹武器的布料被層層解下，當武器粗略的型態映入天烈的眼簾，他胸口一緊，心下有了個底，但還抱著自己看錯的希望。

但當他終於看清那把熟悉的大刀之後，天烈的心彷彿被輾成了碎片，只能失神的帶著姑娘往他剛剛報路的方向跑去……

為什麼……為什麼為什麼為什麼？

天烈逐漸回神，驚愕褪去後，襲捲內心的是源源不絕的疑惑與悲憤。

為什麼阿公會——

◆◇

『黑狗……？』

並沒有比天烈晚多少，狩在與對方過了幾招後，也懷疑起宿主的身分。

作為一個把戰鬥當成反射的人，狩對曾經對戰或合作過的對象都存在一定敏銳度。

此刻，無論是對方戰鬥時的節奏、思路，都讓他感到熟悉，經過判斷後，他的腦中也得出這個令人震驚的答案。

『這次的對手很強呢。』

天芯退到狩的身側，此時她又給自己包了一層隱身術，心音穩穩傳給了狩，卻讓對方驚愕了一下。

『是、是啊。』狩趕緊回話，卻被天芯察覺異狀。

『怎麼了？』

『不……沒什麼。我們小心點。』

狩明白黑狗與天烈生前的關係，既然他是天烈的祖父，那自然也是天芯的……

怎麼辦？要帶著天芯逃嗎？讓別人來處理這事？還是直接告訴天芯？

各種方案閃過狩的腦海，但他始終拿不定主意。

無論哪種都太過殘酷了。

千頭萬緒讓狩在戰鬥中閃了神，而此時的宿主也不愧為強者，馬上抓住破綻，觸手飛速往狩的頸部攻去。

這次的觸手尖如利刃，狩閃躲不及，觸手便貫穿了假頭的太陽穴，幸好狩在意識到無法全身而退的同時，將腦袋快手卸了下來，所以飛出去的只有頭，軀體在一個側翻後落地，總算逃過一劫。

『戰鬥時專心啊！剛剛若是真腦袋，這一擊可不是一時半刻能好的傷！』

狩感覺自己被天芯重重拍了一下，心下馬上又糾結了起來。

但他的糾結馬上被衝刺上前的劍客打斷。

狩一回頭，便被數枝凌厲的飛箭掠過，一連串的攻擊掀起大片塵土，而在塵土後方的，是凜然的弓箭手，與吟唱中的法師。

不若平時優雅的一舉一動，嫣花眾在攻擊時倒是十分迅猛。帶頭的劍客將宿主引到前方較為空曠處，穩穩牽制敵人，弓箭手的飛箭繞著目標不斷後援，而法師的吟唱結束後，初階治癒術連狩都顧到了。

「……。」看著猛烈的攻擊紛紛命中目標，想起宿主原形的狩，實在糾結到不行。

「呵。看來這次是巾幗不讓鬚眉了！」

天芯笑著解除隱身，想必是被嫣花英勇的娘子軍鼓舞，打算正面迎擊。

『天芯等等……！』

「狩你到底怎麼了？從剛剛開始就好奇怪……」

「都讓開！」

熟悉的嘶吼聲讓天芯與狩同時回頭，兩人詫異的看著天烈與剛才的姑娘從後方奔來。

天烈露出少有的狂怒神情，提著大刀朝宿主跑去。

嫣花眾在聽見吼聲後也愣愣收手，只在看見快要勾中天烈的觸手時，稍微幫著抵擋一下。

「對不起……可以讓那孩子來嗎？因為我實在揮不動這麼重的刀，但由孩子了斷的話，他也會很欣慰的……」

姑娘來到弓箭手與法師的身旁，柔聲提出請求。

「『他』是指……？」

姑娘沒有答話，只是流淚望向宿主。

「等等，那個宿主該不會……」

姑娘的話加上哥哥和狩的反應……一個不詳的念頭閃過天芯的腦海——

——為什麼阿公會變成宿主？

疑惑在腦中炸開，天芯一時無法法思考太多，只能咬著牙，朝宿主狂奔而去。

『天芯！』

狩見狀也立刻跟了上去，留下淚眼婆娑的姑娘與兩個迷惘的嫣花戰士。

同時，前線的劍客透過心靈溝通得知後方的突發狀況。短暫猶豫後，她決定停止攻擊，先行歸隊安撫受驚的姑娘，而遠處的弓箭手跟法師在助攻一陣子後，發現狩似乎還保有理智，便相繼停手，加入安慰的行列。

「姊姊，妳是穿越者嗎？」嫣花的法師柔聲問。

「不知道……我是見了他後才恢復記憶的……」

姑娘慌亂的臉上帶著迷惘，顯然是一下子發生太多事讓她措手不及。

嫣花三人面面相覷了片刻，最後由劍客代表發話，「恢復記憶就是穿越者了。但妳放心，嫣花向來不與穿越者為敵，有什麼心事儘管跟我們傾吐。」

方才鬥氣凜然的女戰士們，紛紛恢復柔軟的一面，見大家已經抱成一團，法師乾脆在周遭布上厚厚的防護，讓現場安全一些。

現在女孩們看前頭有人衝鋒陷陣，就暫時不想理會罹魍了。

嫣花的風氣是這樣，如果罹魍對無辜百姓造成危害，她們必會出手擊殺，但對於某些公會用討伐數炫耀功績的行為，她們相當不以為然。

人們常說女生重感情，雖然對有些人來說難免偏頗，但對這個由女孩子組成的公會來說，卻是相當貼切的形容。

此刻，她們心心念念只想讓這位姊妹吐露心聲罷了。

「他叫馮清馳，是我生前的愛人，因為某些理由，當時我們還沒結婚就分開了……好不容易在黃泉重聚，沒想到這麼快就……」話到此處，姑娘已經泣不成聲。

活著的時候，她在離別之苦中度過餘生，能在死後世界與愛人重逢是她意想不到的幸運，然而，命運卻讓她在兩天不到的時光中，再度面臨永別……

看姑娘肝腸寸斷的模樣，嫣花三人一時無法言語，她們雖然無法想像生前羈絆在穿越者心中的重量，卻能理解失去摯愛之人的痛苦。

「剛剛那個拿刀的男孩，也是妳生前的家人嗎？」待姑娘情緒稍微緩和，法師才道出心中疑問。

「嗯……他是我跟清馳的孫子，沒猜錯的話，女孩應該是我們的孫女，另一個人是同行的夥伴。」姑娘抹著眼淚，哽咽的說，「清馳把他們的事都跟我說了，光是知道他在我死後能與家人相認，我就幸福得要飛起來了……其實，我死前最擔心的，就是他一個人孤單寂寞，兒子在我這邊，他卻沒有家人陪伴……」

姑娘突然講起只有她自己知道的生前話題，讓嫣花三人聽得一頭霧水，法師正欲開口追問，卻被弓箭手壓了下來。

「就依著她吧。讓她抒發才是最重要的。」劍客小聲說。

姑娘沒注意身旁三人的疑惑，自顧自的陷入失神。

其實，她到現在還抱著清馳能在罹魍侵蝕下存活的希望。

對她來說，清馳能在她死後與失散多年的兒子相認，是不可多得的奇蹟。
能在黃泉找到她，讓她恢復記憶，是另一個奇蹟。
而現在，她只能默默盼著下一個奇蹟出現……

拾陸章　過錯

兩天前，邵伊晴在自家花園前遇見一個讓她特別在意的人。

那人的容貌與氣質都讓她為之悸動，而她是第一次在黃泉產生這樣的感情。

一見鍾情？伊晴單純的腦袋首先冒出這個想法。

奇怪的是，這種悸動她莫名熟悉，甚至對眼前的陌生人產生深刻的懷念……

比起一見鍾情，更像是一見如故，但她確實沒在黃泉碰過這個人。

胡思亂想的同時，男子已經緩緩走近，簡單打過招呼後，便誇她把花園打理得很好，還說想跟她多聊聊園藝方面的事。

談天的過程十分愉快，就算脫離園藝的話題，兩人依然投機。但伊晴沒有看漏，男子講到自己的事時常常欲言又止，並將話題轉到她身上。

伊晴始終難以形容心中複雜的情緒，直到聊天進入尾聲，男子表示即將離去時，她終於確定自己不想就這麼讓他離開。

「請問，你叫什麼名字呢？跟你聊天很開心，或許我們可以做個朋友？」

聞言，男子愣了一下，似乎是經過掙扎與思考後，柔聲說出了一個名字。

「馮子偕。」

「不是吧？我記得你不是叫這個……」伊晴脫口而出後，連自己也受了驚嚇，「啊，對不起！我、我有時候說話不經大腦。真的很對不起！」

「……。」男子的神情交織了許多情緒，看起來像是在忍耐，卻又下定決心的模樣。

「執子之手，卻沒勇氣與子偕老……在意識到這點時，我已經失去妳了。」

「為了彌補罪過，我改了名。捨棄那個妳所愛戀的身分，作為贖罪。」

言畢，男子轉過身，背對一臉茫然的伊晴道，「我一直很想跟妳好好道歉，但現在這樣也好。有些事情忘記了也許比較快樂，看妳現在這樣我就安心了。」

「我是一個沒資格留在妳身邊的人。妳只要記得這件事就好。」男子回頭一笑，正欲離去時，被急奔向前的伊晴用力拉住了袖口。

「……清馳。你原本的名字，叫馮清馳對吧？」

◆◇

邵伊晴從沒怪過馮清馳離她而去。

當年，她未嫁，他未娶，分手本是情理之中。況且伊晴知道愛人童年的遭遇，她曉得，對方離去不是因為愛的消逝，而是因為愛得太深。

清馳連自己的親生父親都沒見過。

據說是某個旅人，在行經他母親的故鄉、留下一段風流情事後，從此消失得無影無蹤。

他母親常說，他與父親的長相十分神似，某些不經意的小動作也與父親如出一轍。

然而，這也是讓清馳最害怕的事，他怕他終究逃不過血源的詛咒，變成像父親一樣的負心漢。

儘管知道自己的感情跟父親當年輕浮的態度不同，但他還是無法確定自己是否能一直守護他所愛的人。

半輩子的承諾實在太沉重，他沒有親眼見過承諾完全履行，而是看到守著半邊承諾的母親痛苦而終。

在他意識到自己不適合婚姻的同時，他與愛人提出分手。

自己辦不到，總不能耽誤人家大好青春。

原本一切可以像場淒美的初戀般結束，命運卻在這個節骨眼上開了他們一個惡劣的玩笑。

伊晴在分手後不久，發現自己懷了清馳的孩子。

而清馳此時已經失連並離開家鄉，到了她所不知的異地。

她不知該如何傳達，只能默默將孩子養大，告訴孩子，他的父親叫馮清馳，也許有一天會回來與他們團聚。

她始終抱著希望，相信清馳有一天也許會鼓起勇氣回到家鄉，到時後再讓他們父子相認也不遲。

但她等不到那個也許，便因積勞而生了重病。

獨自育兒、兼顧工作，加上未婚生子在社會上的艱難處境，讓母子倆的生活一向不好過。

「如果有機會遇到你父親……跟他說，有緣的話，希望……能在九泉之下再次相見……」臨終前，伊晴對兒子說了這樣的話。

「我只認妳這個母親。」兒子握著她枯瘦的手，淚水從倔強的眼中不斷滑落。

「你爸絕不是故意的……相信我……相信他……」伊晴氣若游絲，神情卻平靜得像一潭淨水，「我到今天，還是連著他的分一起……愛著你……」

「嗯……」泣不成聲的青年，只能吻著母親的手，含糊的作出回應。

「媽……我也是，把本該對父親的愛用來愛妳……」

青年不知話語有沒有傳入母親的耳中。

因為在他發話的同時，母親已經在房裡嚥氣了。

周圍一個親友也沒有。理所當然，因為那個人的懦弱，母親在一夕之間眾叛親離、受盡屈辱與耳語……

都是那個人的錯！

青年放開母親的手，著手替母親辦理後世。

當母親的屍首終於被送進炙熱的火化爐時，望著閉門前的最後一絲火花，青年終於喃喃道出之前不願讓母親聽見的心裡話。

「媽，我的父親只活在妳心中，若妳死了，我只想拉他去陪葬。」

青年流下眼淚，孤獨的轉身離去。

他發誓，絕對不要成為像父親一樣負心的男人。

事實上，他做到了，是個相當盡職的丈夫與父親。

可惜愛妻年紀輕輕就離開人世，留下他與一雙年幼的兒女。儘管兒女的成長過程中，遇上不少讓他匪夷所思的難題，他對這雙兒女始終呵護倍至，用自己的方式守護最親愛的孩子。

青年的名字叫邵于帆，因為某個機緣，與原本以為再也見不到的父親相認，依母親的遺願改姓為馮于帆。

而這位馮于帆，正是馮天烈與馮天芯的父親。

事隔多年，于帆對清馳的態度逐漸軟化，後來更因為兒女的關係，與他稍有往來。儘管如此，于帆對清馳的作為始終無法釋懷。

作為兒女，天烈與天芯自然能理解他的想法，卻無法不為此感到遺憾。

兩兄妹其實小小年紀就知道阿公阿嬤與爸爸的故事了。

那是在某年邵伊晴忌日時發生的事，清馳在祭拜結束後就聽見陣陣敲門聲，門一開就看見小孫子鼓著臉衝進自家客廳。

「怎麼跑來了？你這樣爸爸會擔心，阿公帶你回家好不好？」

「不要！我不要回家！爸爸是大笨蛋！」

「烈仔乖，你可愛的小臉實在不適合這樣氣呼呼的表情。阿公這裡今天有好多糖果，趕快去挑你喜歡的，吃了就笑一個。」

年幼的天烈睜著水汪汪的眼，一瞥見阿公買來祭祀的各色糖餅，又是眼眶一熱，立刻嚎啕大哭了起來。

「嗚哇啊啊啊啊！爸爸大笨蛋！爸爸什麼都不知道啦！嗚哇啊啊啊……」

「烈仔……」

清馳拍撫著孫子，此刻只覺一陣無奈。

孫子賴在他家大鬧脾氣的理由他不是不知道，在半哄半騙之下問出片段後便能拼湊出個大概。

于帆第一次帶著天烈跟天芯去掃墓，天烈自然問起阿公沒有來的理由。

想來于帆大概是一時進入情緒講了重話，讓天烈聽了很生氣，才不顧一切的跑來阿公家賴著不走。

「哥哥……哥哥！」這時，天芯稚嫩的嗓音傳了近來，看著軟嫩的小女孩跌跌撞撞的跑過來，一副急了就要摔跤的模樣，清馳趕緊上前把她抱進屋裡。

「芯芯乖，跟阿公說，妳爸就竟說了什麼讓哥哥這麼生氣？」

「嗯。」天芯乖巧的點頭，環著阿公的頸子湊到他耳邊，用氣音說，「他說你是混蛋，沒資格給阿嬤上香。」

……果然。

清馳苦笑，天芯噓了一聲，又用氣音講道，「不要給哥哥聽到，不然他又會生氣的。」

「好喔。」

「阿公，你不是故意的，對不對？」天芯把腦袋枕在阿公肩上，靈巧的眼凝視著擺在舊照片前的糖餅。

「現在說這些還有什麼用呢。」

清馳拍著孫女小小的背，雖然這孩子年紀還小，但跟她說話時，總覺得她的心理年齡遠高出外表許多。

「烈仔，你聽阿公說。」

清馳抱著天芯坐在天烈身邊，這小子很倔強，看妹妹來了也就不哭了。

「你爸爸說得不錯，我確實是個貨真價實的混帳王八蛋。」

「啊！怎麼連你都這麼講？你怎麼可以這樣講你自己！」天烈氣到小臉都脹紅了。

「因為某些理由，阿公並沒有看著你爸爸長大。」

「……？」

「你阿嬤一個人把你爸爸養大，他們兩個過得很辛苦，但阿公都沒有幫他們。」

「為什麼你要做這種事？」

「因為阿公不知道啊。他那時候不知道爸爸已經被生出來了。」

懷中的小女孩天外飛來這麼一句，讓清馳嚇了一大跳。

「爸爸剛剛在路上告訴我的。」天芯泰然自若的解釋。

「……。」

這次無言的換成清馳本人，他倒是不介意讓孫兒知道這段過往，只是小女孩的成熟冷靜讓他心情複雜。

「但就算是這樣……也不能完全怪你啊！你又不知道……」

「但就算是這樣，我沒有好好守護你爸爸跟阿嬷也是真的啊。」清馳模仿著天烈的口氣哄道。

「……。」

「乖啦。去拿糖吃。阿公帶你們回家。」

「……。」

天烈雖然還是鼓著臉，但這次倒乖乖站了起來。天芯見狀，急忙從阿公的臂彎裡扭下來，緊緊抓著哥哥的臂膀，深怕他改變心意。

「沒事了天芯。我會一起回家的。」天烈摸著妹妹的頭，終於收起怒容，露出一如既往的溫和微笑。

裝了糖，牽著兩個孫兒，清馳緩緩走到玄關，卻發現兒子臉色鐵青的僵站在門口。

「門沒鎖。」

「……啊，剛剛放烈仔進來之後忘了。」

「給你添麻煩了。」于帆接過父親手上的那袋糖，顯然是看出了買糖的目的而眉頭一皺。

兩個小不點默默走回爸爸身邊，于帆連忙蹲下身，對天烈說，「天烈，對不起，爸爸不該在你面前那樣說阿公。」

「……嗯。」

天烈尷尬的應了一聲，想起剛剛阿公說的話，他就沒那麼氣爸爸了。

馮于帆是個嚴謹而有分寸的人，儘管自己對父親的作為十分不滿，還是極力避免在兒女面前批評他們的阿公。

畢竟，他知道馮清馳對自己的一雙兒女疼愛有佳，祖孫感情好得不得了。難得在這特別感傷的日子忘了控制情緒，讓他感到十分自責。

「爸爸，你還有話要對阿公說吧？我們先出去了。」

天烈看父親沒有立刻離去的意思，便機靈的拉著天芯往外走。

門被悄悄關上，留下兩個尷尬無語的大人。

「……抱歉。」

兩人同時道歉出聲，但馬上又陷入一陣沉默。

「別跟我道歉，你的道歉我可承受不起。」先說話的人是清馳。

「……只針對在孩子面前說了多餘的話。」

「不多餘，我覺得他們必須知道。」

「……。」于帆一陣無語，舉起手上的袋子，問道，「這個。是給媽的嗎？」

「嗯。」

「你也知道她喜歡金平糖？」
「當然。常說這糖美得跟花一樣。」
「……。」
于帆抿唇，垂下手中的袋子後默默轉身。
「于帆，謝謝你還願意把這兩個孩子交給我。」
「……。」
又是一段尷尬的沉默。
「為什麼……」臨走前，于帆用幾乎聽不見的細語喃喃，「為什麼你當時……什麼都不知道……？」
關門的聲響蓋過于帆的問句，獨留清馳呆呆站在玄關。
是啊……要是當時能知道就好了。
伊晴，九泉之下，還能再次相見嗎？
他不知道答案。就算能，也無法預料兩人再次相會時的光景……

◇拾柒章　救贖

黃泉，花都邊境。

約定的日落時分已至，但天烈怎麼也沒想到，自己再次見到阿公會是此情此景。

「混蛋！混蛋混蛋混蛋！阿公你這個大混蛋！」天烈舉刀刺入宿主的左肩，事先被灌注寶血的刀身，讓刺入的地方湧出陣陣黑煙。

「啊啊啊啊——」

宿主發出淒厲的嚎叫，但掙扎不若預期中激烈。

原先射向自己的觸手也被這一刀淨化，現下天烈身邊反而是最清淨的地方。

天烈一個咬牙，雙手握刀，用力將對方釘在樹上。圍繞在本體身側的濃黑霧始終讓他看不清宿主的具體長相，但這樣也好，免得看清了讓他動搖……

「要你去找她是希望你能彌補生前的遺憾……為什麼、為什麼明明見面了也在一起了你還會變成宿主？阿嬤從來沒怪過你啊！你一定知道的吧……！」

「當初是誰說要在我能自立之前照顧我的？現在你怎麼就先被這東西纏上了啊……可惡！」

嘶吼、吶喊，但眼淚始終沒有落下。

天烈鬆開握刀的手，轉而環上宿主的頸部。
他就這樣摟抱著，連他都看不清的，阿公的身形。
其實對他而言，剛剛那一刀就是極限了，限制住對方的行動後，天烈就再也無法做出任何攻擊。
畢竟，這人對爸爸來說雖然是個混帳父親，對他來說，卻是最棒的阿公啊！
「哥哥！」
天芯的喊聲傳了過來，隨後，一連串驅邪咒朝二人的方向密集轟炸，但沒有一張真正命中目標。
顯然，她也顧忌著驅邪咒對宿主的傷害性，才在一旁淨化雜屑，不敢對本體進行攻擊。
在一連串激光之後，宿主周圍終於真正清靜了。
青年黑炭般的皮膚染著鮮血，銀白的短髮發出寒光，鮮黃的眼此刻已經失去神韻，只是不斷溢著血淚。
即使已經殘破不堪，眼前的宿主，確實是阿公沒錯。
「到底要怎麼做……到底要怎樣才能救你！」
「阿公！是阿公吧？你還聽得到我們嗎？」天芯快步跑到二人身邊，也是一個勁抱了上去。
「……。」一直跟在天芯身後排除障礙的狩，這次在有些距離的地方就停下腳步。
前面兩個人都心急如焚，當然不會注意到。

其實，從離開小屋戰鬥之後，黑狗的動作就沒有正常過。

雖然戰鬥風格依然明顯，但他的實力狩是曉得的，要是他動起真格，會被其他人壓著打嗎？

答案很明顯，黑狗的意志很堅強，就算被吞噬到這個地步，還是努力讓自己的殺傷力降到最低。

到底為什麼？有著強烈意志力的黑狗，還是成了羅魍的宿主……

迷惘的同時，狩突然感到頸部一陣劇痛。

伸手一摸，之前被刻上詛咒的地方，竟然發出共鳴似的微微滲血。

難道是那時候……！

「不能讓你完整，也不能讓他回去。」

與女妖最後對戰的時候，她如此對狩說道。

此時的女妖已經化為人形羅魍，所以說出的，當然代表羅魍的意志。

「我不知道祢們想要什麼。」朝戰場衝來的黑狗，此刻已經沒有絲毫猶豫，他再次劃破手掌，將鮮血灌注於大刀。「但我絕不允許祢們干涉那孩子的人生！」

大刀揮出，劈開了人形羅魍瘦弱的身軀，然而，它卻像膠水一般再度黏成一團。

遭到攻擊的羅魍把注意力轉向黑狗，它射出數條觸手牽制住了大刀，同時迅速滑到黑狗跟前。

「穿越的法陣……另一半還分開放了。」觸手纏上黑狗的身軀，人形罹魎詭譎的話音迴盪耳邊。

「不把雞蛋放在同一個籃子裡，一向是她的作風。」被觸手纏身的黑狗，眼裡沒有任何恐懼，只是以炙熱的視線燃燒襲來的對手。

「看來不能讓你繼續活在這裡了。」

「只要另一半還在，總有其他人能將它完成。」

「那就找到另一半的持有者，一起肅清……」

「祢有本事的話！」

黑狗神色一凜，將大刀硬是搶了回來，貫穿攀纏在他身上的罹魎。

『黑狗！』狩的心音傳來，黑狗抬眼的同時，只見對方爆衝上前，將罹魎從落刀處撕成兩半。

剛剛的對話狩並沒有完全聽懂，只是隱約猜到跟天烈有點關係。

人形罹魎所說，不能回去的「他」，該不會是指天烈？

狩無法思考太久，黑狗的情況危急，他必須儘快幫黑狗脫困。

「啊，看來你更棘手一些。為什麼你們非得湊在一塊呢？」

「只能分成兩邊了。」人形罹魎的呢喃伴隨著自爆回盪於林中，話一說完，便化為陣陣黑霧，消散在空氣中。

『……結束了嗎？』

「不，恐怕被那傢伙陰了一把。」黑狗捲起袖子，望了望手臂上出現後立刻消逝的詛咒痕跡，再抬頭看著狩頸部正在消失的咒紋，臉色蒼白。

狩顯然也注意到了此事，當他伸手觸碰灼熱的頸部時，人形罹魍鬼魅般的聲音再度響起……

「為了讓這個世界繼續存在，我們需要那名少年的力量。」

「而你的完整，將造成黃泉的崩毀……」

隨著話音漸弱，狩只感到一陣暈眩。

接著就一片空白了。

肯定是那時候留了禍根……！

當初黑狗與人形罹魍的對話回到狩的腦中，穿越的法陣？那到底是什麼東西？

「這件事急不得。得先找到阿公，跟他一起才有辦法完成。」

……糟糕！想起天芯的話，意識到情況不妙的當下，狩恰巧目擊觸手在宿主體外重新凝聚，逼近天芯身後的險境。

『天芯！小心後面！』狩隨手操起地上的碎石丟向罹魍，心靈溝通的同時加速前衝。

幸好，天芯在呼喚阿公的同時，也一邊注意著周遭情況。

當初她靠近的時候，敵方的倏然而起的殺氣她早已察覺，雖然後來又藏了回去，但此刻的危機已經妥妥在天芯的意料之中。

狩這一干擾，反倒是觸手亂了陣腳，稍稍停頓了一下，天芯抓緊機會，拂塵一甩打退觸手後，迴身便是啪啪啪數張驅邪咒壓了上去。

激光與炸裂籠罩四周，但對宿主以外的兩人來說，除了有些刺眼，並沒有攻擊性。

「……祢果然……沒本事把芯芯那邊的法陣摧毀……」光線褪去，熟悉而沙啞的聲音瞬間吸引天烈等人的注意力。

一連串的驅邪咒似乎真的起了效果，馮清馳此刻的模樣雖然更加殘破不堪，但疲憊的眼已恢復神韻。

「從祢決定讓我成為宿主、與我融合的那一刻……就已經徹底輸了。」

他將插在肩上的大刀拔下，推開天烈天芯後，嘔出一團濃稠黑色的物體。

「……不！」回想起女妖一戰的情景，天烈無暇思考，只是連忙爬起，跌跌撞撞的直奔那團蠕動的黑色物體。

但接下來並不如他所想的吞噬場面，而是見到清馳不斷嘔出新的黑色物體，越到後面越接近血色，最後一口只剩黑血。

「……別忘了，我的血能驅邪呢。」

滋、滋滋滋……

黑色物體化作陣陣黑煙，清馳也隨之跪倒在地。

「阿公……！」

『黑狗！』

◆◇

聽著外頭依稀傳來的呼喚，馮清馳只能失神的尋找聲源。

羅魎被逐出體外的同時，他的感官也幾乎被一併帶走，現在他已看不清眼前的景物，只能感到連續兩人衝過來將他緊緊抱住，耳邊迴盪著熟悉而微弱的哭聲。

「烈仔……芯芯……？」此時的清馳已經意識不清，聽著模糊的哭聲，便把懷中的孫兒誤想成當年哭泣的小娃娃，連忙拍撫安慰。「乖……已經沒事了……」

不久後，他又感到一雙柔軟的手握住自己傷痕累累的大掌。

「清馳你看，我們倆像現在這樣跟天烈天芯在一起，于帆要是知道了，一定很欣慰吧……」

伊晴輕輕吻著清馳的手心，她沒有在愛人面前流淚，反而露出溫柔而堅強的微笑。

「阿公，我們真是太厲害了。才三天，你就把阿嬤帶了過來，我也找到天芯了。」

天烈邊說邊喬了個位置，讓逐漸脫力的清馳能安穩的枕在他肩上，同時，天芯含淚攙扶清馳殘破的身軀，順著天烈的話輕聲回應，「嗯……阿公你看，我也順利過來了喔。你放心，我都有乖乖鍛練，現在能保護好哥哥了……」

「…………。」

狩與嫣花三人守在離一家人有段距離的地方靜靜看著，法師悄悄在他們周圍布上防護。

現在，終於沒有任何事能打擾他們一家團聚了。

「……我……這一生……在什麼都還不知道的情況下……錯過太多事……」清馳貼在天烈耳邊，氣若游絲，「沒想到……重生之後還是如此……」

話到此處，他感覺天烈將自己抱得更緊。

細而短促的吐息聲刺激著所剩無幾的聽覺，他明白，這孩子八成又在壓抑情緒，想辦法讓自己強顏歡笑。

不過，之後的日子……阿公還真的再也無法讓你靠著大哭了啊……

想到這裡，清馳扯出一個悲傷的笑。

到頭來，還是什麼都做不好嗎……？

又一次……因為當下不知道，錯過了守護親人的機會……

「烈仔……對不起……」懊悔的淚水奪眶而出，清馳此刻已經無力講出讓大家都能聽到的音量，只能在天烈耳邊輕聲喃喃，「最後的約定……我恐怕也——」

「阿公！」

天烈竭力呼喚，硬生打斷清馳的話。

「放心吧，我們約好的……只剩一件事沒做了喔。」

天烈的語調慢慢轉為輕柔，見自己的治癒能力遲遲沒有發揮作用，他心中已經有了最壞打算，儘管如此，他還是擦乾淚水，擠出笑容唸出約定的咒語……

「遇到危險的時候記得認真唸出來，阿公會立刻趕到你身邊，知道嗎？」
「阿公我已經長大了，不要用這種騙小孩的話唬我啦！」

唸咒的同時，柔光穿透防護罩，照亮日落後的夜空。

「嗤，明明就還是個小奶娃。少跟阿公說嘴，不信你唸唸看？」
「唸就唸啊……呃……第一句是什麼？」
「真拿你沒辦法，來，阿公再教你一次——」
「太難了啦！為什麼我一定要學會這種東西？」
「這個嘛……首先你必須了解一件事。
不管你長多大了，人在哪裡，只要阿公還在，你就別想逃出我的保護……」

隨著咒語進入尾聲，天烈與清馳身上相同的咒印再次浮出，相互輝映。
天烈閉眼而笑，緩緩湊近清馳耳邊。
「即使把自己弄成這樣，你還是遵守約定了……」
近乎氣音的細語，從天烈口中輕柔道出。
「阿公。有句話……我跟天芯很早就想跟你說了。」

「無論你的過去如何，你永遠……都是我們心中最棒的阿公……」

馮清馳沒有回應，因為他早就在柔光中闔上眼睛。

隨著光芒褪去，他露出寬慰的笑，就此陷入沉睡……

終章 尾聲

在那之後過了大約一週，天烈等人揮別花都，起程回到一切的起點——擁翠村。

伊晴在事後重新把事件原委與她生前的故事對嫣花三人解釋了一遍，並正式成為嫣花公會的一員。

根據女孩們的解釋，加公會不一定要當勇者殺羅魍，也可以做些不需要武力的職務。其實她們主要想讓伊晴有個後盾，畢竟她現在已是穿越者，在黃泉的處境不若從前。

狩的假腦袋雖是撿了回來，卻損毀得很嚴重。三人打算回擁翠後找鐵拐修修看，雖然天烈要狩別在意，但他依然自責了好一段時間。

此外，念著自己情況複雜，可能給其他人帶來危險，天烈婉拒了花都方面的挽留。狩跟天芯自然依了他，覺得這樣確實比較明智。

而在返回擁翠村途中……

「天芯，妳就聽我一個勸……」天烈已經不曉得將勸詞重複了幾次。

「別說了，我這次是鐵了心，你拿我沒輒的。」天芯以毫無餘地的口吻回嘴，「而且阿公那邊的法陣沒了。我們回不去的。」

「是『我們』回不去，但妳可以啊！妳當初不是自己過來的？能來應該也能走吧？」

「你覺得我在知道利害的情況下會自己躲回去嗎？別傻了。」

狩在之後當然把與女妖最後一戰時的事都說了，之前不提，是因為不想在不確定的情況下讓天烈胡思亂想，但一切急轉直下，似乎證明狩原先的猜想是對的。

「看來這次的對手是罹魍嗎？還是背後有更強大的東西……」天芯已經自顧自的分析了起來，完全無視哥哥鐵青的面色，「而且似乎還跟狩脫不了關係。也許連你們兩個的相遇都是被有意安排的？」

『不無可能。』狩摸著頸子的咒紋，淡淡答道。

『天芯，妳那兒還有驅邪咒可用嗎？』

「你想幹麻？」

『就是問問。』

「不給。我知道你想幹麻。」

『那我就當有了。』

「你……！」

天芯意識到的同時，狩已經不知用什麼方法摸走一張畫好的符紙，往自己的頸子貼去。

「嘖。」

「阿狩！」

隨著激光炸出，天芯與天烈的罵聲也脫口而出。

『還是趕不走嗎……？』狩輕撫熱辣辣的傷口，依稀感覺得到詛咒的殘留。

「如果有用我早炸了……你的脖子現在有毒啊知不知道！呃——！哥哥！」

驅邪咒對善良老百姓固然沒有殺傷力，但對狩遭到詛咒的部位來說，根本像是強力炸藥。

「交給我吧。」

天烈一邊沒好氣的感受來自狩的遺憾與懊惱，一邊送了兩枚白眼給他血肉模糊的伙伴。

接著，他跳上狩的背，雙手環住對方血流不止的頸子。狩的身手倒也麻利，感受到人貼上來的同時，就伸手勾住天烈纖長的雙腿，動作一氣呵成，彷彿兩人事先講好一般。

「到他恢復體力之前都背著他吧。算是給你的處罰。」

望著狩漸漸恢復的傷口與越來越虛軟的天烈，天芯的神色看起來挺滿意的。

『嗯。』狩答應得很乾脆，背著天烈繼續往前走。

「哥哥，你別再勸我回家了。你覺得我看阿公那樣，還會放著你不管嗎？」

天芯快步蹭道狩身旁，輕輕挨著天烈，語帶央求。

「我知道。其實，我也一樣……」不想再痛一次，才希望妳能逃得遠遠的，就算只有妳也好。

想保護對方的心情是相同的，卻因為情勢所逼，不得不讓其中一人冒險。

狩在一旁聽著，一時間也插不上話。

「那我們各退一步，先維持現狀吧……讓我跟，致於要不要先走，等法陣完成後再說。」天芯小聲提出方案，看哥哥的意識越來越模糊，應該是個談判的好機會。

「……好吧。」一如天芯所料，這次天烈答應得乾脆，但不是意識不清胡亂答應，而是天芯的態度真真切切讓他心軟、甚至心疼。

他對妹妹一向很嬌慣，堅持反方這麼久是頭一回，但連他自己也無法確定，這次的心軟到底是不是正確的選擇？

就這麼邊想邊迷迷糊糊的睡去，天烈難得在黃泉作了一個夢。

夢裡，他再次回到了那個熟悉的房間。

一如往常的柚木圓茶几、一如往常的抹茶色坐墊與白瓷茶杯，阿公在眼前沏著茶的模樣也與平時無異，只是這次，天烈在他面前忍住了眼淚。

「阿公……你是來道別的嗎？」

馮清馳笑而不語，把泡好的茶水遞到天烈面前，露出溫暖的微笑。

「阿嬤現在已經有人保護了，嫣花公會看起來很可靠，我想不會有問題。我、阿狩和天芯之後會繼續旅行，除了打聽媽媽的事，還要找回阿狩的頭……放心吧，我會把天芯安全送回家的。」

「賞金獵人的事，我跟阿狩決定緩緩，畢竟現在天芯入夥了，我們不太敢胡亂涉險……然後、呃，最後就是……那天爸其實有來。」

「我也是事後才知道，他那天就站在房門外，我們看不到的地方……守著你到最後。我明白他是氣你沒有去見阿嬤最後一面，才在表面上拒絕探望，但還是很奸詐對吧？自己忍不住見了你最後一面，卻故意不讓你看見。」

「阿公，大家都原諒你了，所以……你不要再怪自己了，好不好？」

看眼前的人影越來越模糊，天烈不禁起身，語氣也激動了起來。

「烈仔，長大了呢。阿公這次放心了。」

清馳留下寬慰的微笑，就這麼消失在天烈眼前。

呆呆站立了半晌，天烈無聲的坐回原本的位置上，端起微微發燙的瓷杯，慎重的將茶水一飲而盡。

國家圖書館出版品預行編目(CIP)資料

黃泉:甦生 / 知岸著. -- 初版. -- 臺北市 : 奇異果文創, 2015.12-
冊 ; 公分. -- (輕物語 ; 6-)
ISBN 978-986-91943-9-6(平裝)

857.7 104026490

輕物語 006

黃泉:甦生

作者:知岸
插畫:蘭邯
美術設計:舞籤
執行編輯:許雅婷
總編輯:廖之韻
創意總監:劉定綱
法律顧問:林傳哲律師/昱昌律師事務所
出版:奇異果文創事業有限公司
地址:台北市大安區羅斯福路三段 193 號 7 樓
電話:(02)23684068
傳真:(02)23685303
網址:https://www.facebook.com/kiwifruitstudio
電子信箱:yun2305@ms61.hinet.net
總經銷:紅螞蟻圖書有限公司
地址:台北市內湖區舊宗路二段 121 巷 19 號
電話:(02)27953656
傳真:(02)27954100
網址:http://www.e-redant.com
印刷:大亞彩色印刷製版股份有限公司
地址:新北市板橋區中山路二段 443 巷 55 號 3 樓
電話:(02)29611398
初版:2015 年 12 月 18 日
ISBN:978-986-91943-9-6
定價:新台幣 230 元